溺愛フレンズ

Chihiro & Ryo

砂原雑音

Noise Sunahara

Eternity

EB

エタニティ文庫

目次

溺愛フレンズ

緊張と迷いのせいだろうか。落ち着かなくて、私――川崎ちひろは両親との待ち合わせ前にもう一度お手洗いに入った。

鏡に映る私は、二日酔いのせいもあってかあまり顔色が良くない。もう二十七歳。一晩の無茶が翌朝肌に表れる年齢になってしまった。

それに何より今日は、とても微妙な表情を浮かべている。

「どうしよう……本当にいいの？　紹介しちゃったらもう後には引けないよ」

鏡の中の自分に問いかける。

ここは都内にあるホテル。頭の固い両親のために、それなりに格式高いところを選んだつもりだ。

私も今日のこの場に合わせて、いつもは着ないような紺色のワンピースを身につけ、ストレートの黒髪をハーフアップにしている。できるだけフォーマルを意識したコーディネートだ。今朝、大急ぎで調達したので、ワンピースは新品。しかも、私じゃ絶対手を出せない高級ブランドのものだった。

私は今日、人生の一大イベントに踏み出そうとしている。

だけど、相手がとにかく予想外で、頭がついていけずにいた。

「まさか本気で、『友達結婚』なんて」

昨夜は酔っていたこともあって、その造語がやたらもっともらしく聞こえた。だけどそんな言葉、これまで聞いたこともない。

それを私に提案した男は、大学時代からの友人だ。

悪い奴じゃない。頭の回転が速く機転が利くので、昔から何かと助けられることが多かった。頼り甲斐のある男だと思う。

話していて飽きないし、会話のテンポも合う。一緒にいれば楽しい。ただしそれは、飲み友達として彼を語るなら、だ。

そんな彼と、酔った勢いで結婚することになってしまった。正直わけがわからない。本当にいいんだろうか?

答えが出ないまま、その男を待たせているカフェラウンジへ戻る。

テーブル席のソファに座る彼——高梨諒(たかなしりょう)は、たくさんの人がいるラウンジの中で一際目立っていた。

品の良いスーツに身を包み、スマホの画面に目を落としている。ただそれだけなのに、佇(たたず)まいに優雅さを感じさせる。

立てば百八十センチを超える長身、そのうえモデル張りの綺麗な面差(おもざ)しとくれば人の注目を集めて当然だろう。

切れ長の目の中央にあるブラウンの虹彩(こうさい)は、見るものに優しい印象を抱かせる。髪色も同じブラウンで、触れると柔らかそうだ。

……見た目がいいのは前からわかってたけど、ここまで飛び抜けてたっけ？

社会人になってからは薄暗いバーで飲むばかりで、日の高いうちに会うのは久しぶりだから、そう思うのかもしれない。彼とは長い付き合いだというのに、今更ながらにその外見スペックの高さに気づかされた。

だからなのか、今日はなんとなく近寄りがたい。

それとも夕べの一件で、私が妙に意識してしまっているから？

ふう、と深呼吸をして気持ちを落ち着ける。テーブルに近づき、彼の斜め向かい――お手洗いに立つ前と同じ場所に腰かけた。気づいた彼がスマホから顔を上げ、ゆったりと笑みを作る。たったそれだけでその場が華やいだようだった。

「ご両親、遅いな」

「電車が遅れてたみたい。でももう着くって、連絡が来てた」

本来なら緊張するのは彼のほうだろうに、一切そんな気配は感じさせない。そんなところを頼もしいと思っていいのだろうか。

コーヒーカップを手に取り、口に運んだ。少し冷めて温（ぬる）くなったそれが、ほろ苦く感じる。

「ねえ、諒。本当にいいの？」

今朝から何度目かの質問を口にした。頭の中では、何度目どころかずっとエンドレスで続いているのだけれど。

「逆に何が問題なんだ？」

問い返されて、うぐぐ、と言葉に詰まった。

「ちひろは今日、両親に結婚相手を紹介しなければいけない。俺は俺で、結婚することでクリアできる問題がある。これ以上の案なんてもうないだろう」

「それはそうなんだけど……」

「何も騙（だま）そうってわけじゃない。本当に結婚するんだからご両親も安心するだろうし、ちひろも望まない相手と結婚せずに済む。気に病むことはないよ」

いや、本当に結婚しちゃうっていうのが問題であって！

そう言おうとした瞬間、頭の中に蘇（よみがえ）ったのは両親から持ち込まれた結婚相手のことだった。

いやだ。絶対、あの人とは結婚したくない……！

ぞぞ、と寒気を感じて背筋を伸ばしたとき、目の端にエントランスの回転ドアを抜けてくる両親の姿が映った。

「……来た」

母はともかく、相変わらず父はお堅い顔をしている。ごくりと唾を呑み込む私の横で、彼がすっと立ち上がった。

「行くぞ」

諒に続いて立ち上がろうとすると、まるでエスコートでもするように私の目の前に大きな手が差し出された。

「え」

迷いが生じる。……この手を取ったらもう、後戻りはできないから。

忙しない心臓の鼓動を深呼吸で鎮め、おずおずと指先をのせる。直後、しっかりとした強さで指を握られ、それに励まされるように立ち上がった。

両親を前に、私はよほど心許ない目をしていたのだろう。諒が少し腰を屈めて、耳元で囁く。

「大丈夫だ、俺がついてる」

迷いだらけだったはずなのに。

その一言で、ふっと心が楽になった気がした。

＊＊＊

元々、結婚願望は強いほうだったと思う。子供の頃はウェディングドレスに憧れたし、うちの実家は厳格で重苦しい雰囲気の漂う家だったから、優しい夫と子供がいる、明るい家庭に憧れた。

日本家屋じゃなくて、洋風の一軒家。小さい庭には盆栽じゃなくて蔓薔薇（つるばら）のアイアンポーチ。玄関先に並ぶ可愛い自転車と三輪車。

共働きでも構わない。でも家事はちゃんとしたいし、料理上手で綺麗なお母さんでいたい。趣味で好きな絵を描くのも続けたい。

それと、結婚相手は優しくて穏やかな人がいい。間違ってもお父さんみたいな、顔も性格も四角い人はいやだ。

もちろん、今挙げたのは子供の頃の夢そのままだ。大人になるにつれ夢見がちな部分は淘汰（とうた）されていって、比較的実現可能な夢になっていったんじゃないかと思う。

しかしながら、これまでふたり付き合った男性がいたけれど、結婚の話には至らずに別れてしまった。ちなみにいつも私は振られるほうだ。

急かしているつもりはなかったけれど、結婚を意識しているのが伝わったのかもしれない。

だけど、それのどこが悪いの？　好きだから結婚を考えるんじゃないの？　重いと言われても、男の人と結婚を考えずに付き合うのは、私には無理だった。

しかも二人とも、別れ方が酷い。一方的にメッセージを送ってきてそれっきりだ。顔も見ず、別れの理由も告げないなんて、あんまりだと思う。

そんなとき、いつも私の愚痴聞き役になってくれたのが、諒だった。

――男のほうに結婚を考える余裕がなかっただけだ。

――大体、お前は男を見る目がない。

その言葉に少し救われ、愚痴るだけ愚痴ったら次に向けて頑張ろうなんて考えていた。

まあ、ある日、それどころじゃなくなるんだけど。

それは、今から約三か月前――昨年十一月におこなわれた祖父の法事での出来事が発端だった。

うちは別段裕福というわけではないけれど、歴史だけは古い家だった。遥か昔からの家系図なんてものがきちんと管理されていて、代々それを本家で受け継いでいく。分家がいくつもあり、どう繋がりがあるのかわからないような遠い親戚と、今でも家同士の付き合いがあった。

その本家を継いだのが私の両親だ。古い家を守ってきただけあって、特に父親の頭は固い。

跡継ぎは長男である兄が覚悟を決めているようなので心配いらないけれど、私に対しては早く結婚して身を固めろとずっと言ってきていた。

まだ二十代だ。今時、この年齢で結婚を急かされるなんて勘弁してほしい。そう伝えても両親は受け入れてくれず、二十五歳になった頃からは見合いをしろと強く勧められ続けた。

冗談じゃない！　結婚相手くらい自分で探すし、ちゃんと恋愛をしてお互いの気持ちを育み、愛し合って結婚したい。

だからのらりくらりと躱していたのだが、ついに先日、法事の後の酒の席で、遠い親戚の男を結婚相手にどうかと紹介されてしまった。

分家の長男。旧い家のしきたりに染まったその人は、私より十歳上の、嫁は子供を産む機械くらいにしか思っていない人だった。

なぜ知ってるかって、親戚の集まる酒の席でいつも、嫁は若いのに限るだとか嫁は夫に従ってりゃいいんだとか大声で語っているからだ。そんな考えだからその年まで独身なんじゃないの!?

聞いているだけで腹が立ってくるので、いつもなるべく近寄らないようにしてたのに。

……その人と！　結婚しろと！　言うのか！

『今、結婚前提に付き合ってる人がいるから！』

気がつけば大嘘を吐いていた。そして、その日のうちに一人暮らしをしているマンションに慌てて逃げ帰った。

ぐずぐずしていると、外堀から埋められかねないと思ったからだ。田舎、超こわい。

いや、怯えている場合ではない。早く、相手を探さないと……！

結婚前提かどうかはさておき、実際に彼氏くらいは作らなければ、絶対に結婚させられる！

逃げ帰った程度で引き下がる父親ではない。本当に相手がいるのか確かめようとするのはわかりきっていた。そして嘘がばれれば間違いなく、待っているのはあの男との正式な縁談だ。

ぜったい、いや……！

焦った私が頼ったのが、婚活アプリである。結婚願望のある者同士が出会うのだから、話は早い。とはいえ、色々と怖い噂も聞くので、ちゃんと身分証明等が必要な、安全そうなところを選んだつもりだ。

運良く、そこで知り合った人と意気投合。五回会って、お互い将来を見据え、まずは付き合おうと決めた。これでようやく両親に紹介する段取りがついた、そう思ってたのに。

明日、いよいよ両親が田舎から出てくるというときになって、いきなり別れを告げられたのである。しかも顔を合わせるでもなく、電話でもなく、携帯に届いた一言のメッセージで。

どうして、どいつもこいつも別れの言葉をメッセージアプリに頼るのだ！

しかも今回もふられた理由がわからない。やっぱり両親に会ってほしいというのはまだ早かった？

とにかく考え直してほしいと説得するべく電話をかけたが、当然すでに通じなくなっていたのだった……

「全く。婚活アプリなんてものに頼るからだ」

行きつけのバーのカウンター。

憔悴（しょうすい）し、がっくりと項垂（うなだ）れる私の隣で、諒は呆れた声を上げた。

大学で同じ講義を受けることが多かったのとバイト先が一緒だったことで、友人の中でもよくふたりで飲みに行く仲だった。卒業してからもその関係は続いていて、しかも勘がいいのかなんなのか、私が失恋するたびにいいタイミングで連絡を寄越してくる。

今夜もまた、呆然としているところに諒から飲みの誘いがあり、馴染（なじ）みのこのバーで待ち合わせた。

「……だって。婚活アプリなら相手も結婚したがってるんだし……うまくいくって思ったんだもん」

そもそも今回、婚活アプリに頼ったことは諒に話していないのに、なぜ知っているのか。

おそらく情報を流したのは、共通の友人である藤原菜月だろう。先日彼女と飲んだときに、婚活アプリでいい人と知り合って、どうにか親戚との結婚は回避できそうだ、と報告した。それが、このザマだ。

……菜月め！　余計なこと話してー！　もう、泣きたい。

心の中で呟くと涙が本当に滲み出そうになって、慌てて目頭に力を入れた。

向こうだって結婚したいからアプリに登録してたんだろうに、そんな相手にすら逃げられたなんて、情けないし恥ずかしいし、自信もなくなる。そりゃ、自分がそれほどいい女だとは思っていないけど、そんなに悪くもない……つもりだったのに。

「……浅はか」

「うるさいなあ」

へこんでいるところに追い打ちをかけないでほしい。

「なんで俺に相談しない」

「相談したってどうしようもないでしょ。それにそんな余裕もなかったし……マスター、おかわり！」

　カウンターの向こうには、五十代くらいの、ひょろっと背が高い、人の好さげなオジサマが立っている。彼がこのバーのマスターだ。空のグラスを差し出すと、マスターは困ったように眉尻を下げた。

「ちひろちゃん、もう限界じゃない？　そろそろやめたほうが」

「俺が見てるからいい。作ってやって」

　マスターが心配して忠告してくれたけれど、諒のひとことで新たなグラスが用意された。まるで涙の色のような、淡いブルーのカクテルだ。

「ううっ！　マスター、こんな哀しい色のカクテル飲ませないでよぅ！」

「えっ！　ごめん、哀しいときにはしゃいだ色のカクテルもどうかと思って」

「飲むよ、飲むけどね！」

「マスターにまで絡むな、お前は」

　ぺん、と頭のてっぺんを軽く叩かれた。その拍子に、じわ、と目の奥が熱くなってくる。せっかくさっきは我慢したのに、このままでは零れてしまう。

「だって、酷い。……明日、両親に会わせる約束してるのに」

　カクテルを一口呷って、涙を誤魔化すように、つい大きな声でぼやいた。

　私の言葉に、「ちょっと待て」と諒が棘のある声を出す。

「……出会って間もない男とそんなとこまで話を進めたのか」

「あ、うん……ちょっと事情があって」

「事情？　聞いてない」

そりゃ、言ってないからね。菜月もそこまでは諒に話さなかったようだ。

「お前、馬鹿か。なんだってそんなよく知らない相手と」

「えっ……だって、婚活ってそういうものでしょ？」

いや、いくら婚活でも早すぎる展開だったかもしれないけど。

私だって、緊急事態でなければこんなに急いだりはしなかった。だけど、どうしても、あの親戚の男との結婚だけは嫌なのだ。

「それにまだ結婚が決まったわけじゃなかったし。とりあえず早めに両親に会ってくれたら助かるってお願いしたら、いいよって言ったから」

「で、直前になって逃げたってことか」

「そう！　なんで⁉」

「……あまりの重さに、怖気（おじけ）づいたってとこでしょうかね？」

マスターがぽろりと零した一言に、私は愕然（がくぜん）とする。婚活アプリで知り合った人にすら私は重量級の扱いをされるのか。

「マスター酷い！」

「いや、私が重いと思ったわけじゃないですって」

「そんな中途半端な男、紹介しなくて正解だ。向こうから別れてくれて良かったじゃないか」

「あああ、どうしよう。明日、親が来るのに」

　慰めているつもりなのだろうけれど、彼を見たこともないのに『別れて良かった』は酷い。言い返そうと伏せていた顔を上げたとき、マスターがぽそりと呟いた。

「……別れて良かったのは、どっちやら」

　見れば、マスターはちょっと疲れたような顔で頬を引きつらせていた。私から目を逸らして、そっぽを向いている。何かちょっと意味ありげに聞こえたけれど、それを問い返す前に諒の手が私のカクテルグラスの脚をこん、と叩いた。

「良かったんだよ。そんな別れ方するやつがいい男とは思えない」

　飲んで愚痴って忘れてしまえ、という意味だろう。

　そのとおりなのかもしれない。

　言われるままに、グラスに残っていたカクテルを一息に飲み干した。くらりと少しの眩暈を感じる。これで何杯目だろうか。でもまあ、毎度のことなので、諒がちゃんと家まで送ってくれるだろう。

「大体、ちひろは本当にそいつと結婚したかったのか？」

「……そんなの今聞かれてもわかんない」

都合の悪い質問をされて、私は逃げた。

諒の言葉は私の頭の片隅にありながらも、答えが出せずにいたことだった。

結婚はしたい。だけど誰でもいいというわけじゃない。

逃げた相手の顔を思い浮かべると、それほど嫌な相手ではなかったと思う。初めて会ったときの、緊張気味の笑顔がちょっと可愛らしかった。好きになれそう、と思ったから何度か会ったのだ。

だけど、気持ちを育てるよりも先にこんなことになってしまった。

「俺は案外、ちひろの間口が広いことに驚いてる」

いつのまにか置かれた新しいカクテルは、オレンジ色の明るいイメージだ。一口飲むと、柑橘系（かんきつけい）の爽やかな甘みが口の中に広がった。

「間口って?」

「そういうやり方で相手を探せるのなら、もっと視野を広げて身近にいる男を選べばいいのにってことだよ」

「身近にいないからこうなってるんでしょ」

何を今更なことを言っているのか、と眉をひそめると、諒が笑顔のまま固まった。それを見て、なぜかマスターがくくっと笑いを噛み殺す。

「え、何？　私なにか変なこと言った？」

意味がわからず首を傾げる私に、諒の手がまた、私のグラスに触れて促した。

「何でもない。ほら、もっと飲め」

そう言った諒の目は、笑っているのになんだか妙に圧力を感じさせる。既に結構飲んでいる自覚があったが、その目力に負けてグラスを手に取った。

「う、うん？」

基本笑顔でいることの多い諒だが、今日はその笑顔が、少し怖い。

……私、何か怒らせるようなこと言った？

けれど、カクテルの甘みと酔いに紛れて、それ以上考えられなくなってしまった。

ただ、酔いながらもいつもと違う空気は感じていた。

私が飲みすぎそうになるとセーブしてくれるのが彼の常だったのに、今日はやけにカクテルを勧めてきて、そして絡んでくる。いったいどういう風の吹き回しだろう。

いや、今はそんなことを考えている場合じゃない。明日、両親が来る。しかし紹介する相手がいない。どうにかしなければいけないのに。

インフルエンザにでもかかったことにして、日を改めようか。でも、もうそんなその場しのぎでは誤魔化せないだろう。

……駄目だ、考えるのもしんどい。

結果、私は酒に逃げた。パカパカとグラスを空け、あっという間に酔っぱらいの出来上がりだ。

「大体ねえ！　いつも諒は偉そうに私にお説教するけど！」

「はいはい」

「諒はどうなの？　最近全然自分の話、しないじゃない」

「俺は相変わらずだ」

「相変わらずとっかえひっかえ？」

「それは大学の頃の話だろ。いつまでも子供みたいな遊び方はしてねえよ」

絡み始めた私の隣で、彼は涼しい顔で水割りのグラスを傾ける。

そんな彼を羨ましい、と思ってしまった。

「諒はいいね」

「何が」

グラスに残っていたカクテルを、一息に飲み干す。ぽ、と頬や頭に熱が灯って天井が揺れた。飲みすぎているのは、わかっているのだけれど。

「自由に結婚できるじゃない」

羨ましい。男だったら、行き遅れだなんだと言われることもない。うちがせめて普通の家だったら、こんな早いうちから追い詰められずに済んだのに。

そんな思いからつい零してしまった言葉は、諒に疑問を持たせたようだ。

「ちひろは自由じゃないのか」

じっと、射るような目で見つめられ、咄嗟に目を逸らす。こんな泣き言、言ったところでどうしようもないのに。

ただ、もう自分ではどうにもできない状況に、私も限界だったのかもしれなかった。アルコールのせいではない熱が、じわりと目の奥に広がる。緩み始める涙腺。堪えるのは今日、何度目だろう。慌てて眉根を寄せたが、遅かった。

「ちひろ？」

諒の低い声が響く。肩を掴まれた拍子に身体が揺れて、ぽろりと涙が零れる。それで、箍が外れてしまった。

「結婚、させられる……」

「何？」

「遠縁の、分家の長男と。明日、自分で選んだ人を紹介しなかったら、結婚させられちゃう」

ぼろぼろぼろ、と言葉と一緒に溢れ出した涙は、もう自分の意思では止まらなかった。

結婚は子供の頃から夢見てた。綺麗な花嫁さんに憧れた。

いつか、誰かを好きになって、恋人になって、ちゃんと愛情を育てて結婚する……。

それはとても当たり前でありふれた夢だと思っていたのに、今は手の届かないお月様のようだ。

「あんな人と結婚するのは絶対嫌。だから自分で相手を探そうとしてるのにうまくいかない」

涙声が嗚咽（おえつ）に変わってしまった。泣き顔をそれ以上見せたくなくて、カクテルグラスを横によけるとテーブルに突っ伏した。

諒からの言葉はない。ただ、肩を掴んでいた手が、伏した私の頭に置かれ、驚くほど優しい手つきで髪を撫で続けてくれた。

そのおかげか、あるいは泣いて気が済んだのか、頭が徐々にすっきりしてくる。

「……落ち着いたか？」

「んー……」

諒の前で泣くのはこれが初めてではない。いつだって、失恋のたびに絡んで泣いて。なんだかんだで彼は朝まで付き合ってくれる。

だけど、今更と言われようと泣き顔を見られるのは、やはり気恥ずかしい。

「ティッシュちょうだい」

カウンターの中にティッシュの箱があるのは知っている。顔を伏せたままでマスターに頼み、手を差し出すと、しばらくしてティッシュを数枚握らされた。こそこそと涙と鼻水を拭う。

「はあ。ごめん、大丈夫。これまでどおり、なんとか両親の猛攻を躱してくわ」

それしかない。今まで乗り切ってきたのだし、なんとかなるだろう。親の言いなりになって結婚するのだけは嫌だ。

そうやって自分を奮い立たせているというのに、諒の声は冷ややかだった。

「いつまで？」

「……そりゃ、自力で相手を見つけるまで」

「それで？　また婚活アプリに頼るのか」

ぐ、と言葉に詰まる。

こっちを流し見る諒の目は声と違わず冷ややかで、彼の呆れが伝わってくる。

「……それは、もうしない」

「じゃあ合コンでも行くか？　また変なのに捕まりそうだな。ちひろは、とにかく男を見る目がない」

「わかってるよ、うるさいなあ。だから結婚を前提とした婚活アプリに頼ったんじゃない。それが駄目だったらどうすればいいのよ？」

いつもなら慰めて終わりなのに、今日の諒はなぜだかダメ出しを始める。ぐすっと鼻をすって睨み返すと、彼がにやりと笑った。

「いい方法がある」

「なに？」

「俺と結婚すればいい」

数秒、ぽかんと呆けてしまった。そんな私を、諒がじっと見つめ返してくる。

「……は？」

え、冗談だよね？

そう考えたけれど、すぐにそれは違うとわかった。

諒は、人が真剣に悩んでいることにそんな冗談を挟んでからかったりしない。

でも、なんでそんな提案が出るのかはさっぱりわからず、クエスチョンマークが頭の中を飛び交った。

「え？　友達なのになんで？」

思わず零れたストレートな疑問に、諒がぴくっと頬を引きつらせる。そういや、その顔、今日はよく見るような。

「……そうだな、友達だ」

「諒も結婚したいの？　知らなかった！　でも諒なら相手に困らないでしょ？」

なのに、なんで？

いつの間にか顔ごと諒のほうへ向け、前のめりになっていた。すると「まあな」と呟いて、彼が突然顔を近づけてくる。ちょん、と鼻先がくっつくくらいの至近距離で、ちょっとびっくりした。

「え、何、これ」

「これくらい俺と顔を近づけても、少しも顔色を変えないのはちひろくらいだ」

……どうやらモテ自慢のようだ。つまり他の女の子はポッと顔を赤らめるということだろう。

確かに動じないのは私くらいかもしれない。諒がどれだけイケメンでも、私にとっては大事な友達で、それ以上でもそれ以下でもない。

見つめ合っている間、店内には静かなざわめきとBGMが流れていた。ずっと自分たちの話でいっぱいいっぱいで気づいていなかったけれど、最初は私たちだけだった店内も、いつの間にか多くの人で賑わっている。マスターは込み入った話になった私たちを気遣ってか、グラスが空になったときしか近づいてこない。

「……顔色を変える理由がないでしょ」

そう、そのはずなのに、沈黙と至近距離が、今まで諒には感じたことのない心のざわめきを生む。思わず目を逸らし、少し遠い位置にいたマスターに向かって手を上げた。

「同じカクテル、もうひとつ」

「かしこまりました」

諒もようやく顔を遠ざけ、マスターにブランデーのロックを頼む。

新しいグラスが揃ってから、深呼吸をし、話を戻した。

「ところでなんで結婚したいの？」

「会社でしつこいのに絡まれてる。俺は今は仕事が楽しいし、興味ないっつったら……」

「言ったら？」

諒が心底うんざりだという顔をした。

「ゲイじゃないかとか言いふらしやがった」

「ぶっ」

「お前……笑いごとじゃないぞ」

思わずカクテルを噴きそうになった私を、諒が恨めしげに睨む。いや、しかし、確かにそれは嫌だろう。ごめん、笑って悪かった。

「女はめんどくさい。素っ気ないとこが好きとか言いながら、付き合った直後から構ってくれないだとかなんだとか不満を漏らすし」

「いやいや、そんだけ諒のことが好きなんでしょ」

私の話はよく聞いてもらうけれど、諒の話はあまり聞いたことがないので新鮮だ。

珍しい諒の愚痴に、たまには私が聞き役になるべきだろうと耳を傾ける。ちびちびとカクテルを口に運んでいるうちに、泣いたことで少しは醒めていた酔いが、また脳を支配し始める。

「お前くらいサバサバしてるほうが多分俺には合ってる」

「いや、それは友達だからだってば」

実際、諒がどんな女性と付き合ったのか、本当に我慢ならないくらいに依存されたのか、知らないから判断はつかないけれど。

私と比べてもしょうがないでしょう、とけらけら笑う。けれど、諒は笑い話にはしなかった。

「だから、友達くらいがちょうどいい。ちひろなら結婚相手に最適だ」

どうやら、彼は本気で私と結婚するのがいい案だと思っているらしい。真剣な顔で言われて、さすがに笑ってもいられなくなる。

「でも結婚って、そういうのじゃないでしょ。ちゃんと誰かを好きにならないと」

「出会って間もない男と愛を育てようとして失敗したんだろ」

「うっ、うるさいなあ！」

いちいち痛いところを突いてくるな！

ちょいちょいと心の傷をつっつかれて、またカクテルを呷った。

「俺は友人の中でも一番ちひろと気が合うし、誰より信頼してる」

拗ねかけていたけど、そのセリフがちょっとだけ私の気持ちを上向かせる。

「……ふーん」

「俺は、女にべったり依存されたくない。その点、ちひろとなら結婚しても友人関係を崩さないでいられるだろう？」

「それは、そうだけど」

「お前はマイペースだし、連絡無精だしな。俺が連絡しないと、そっちからメールも電話もしてこないだろ。やれ連絡がないだのやれ寂しいだの、挙句、仕事と私、どっちが大事なのとか言い出すこともないだろうし」

言葉だけ聞くと貶されているようなセリフだが、酔いが回って気分がいいせいか、褒め言葉に聞こえてくる。

そこに、それまで他の客の相手をしていたマスターが、ちょうど戻ってきて横やりを入れてきた。

「確かに友達夫婦ってよく言いますね」

「いやいや、友達みたいな夫婦って意味でしょ、それ」

本当に友達と結婚することではないはずだ。

「ちひろ、難しく考えないで、まず目の前の問題から考えろ。明日、両親に男を紹介しないと、その分家だかなんだかの男と結婚させられるかもしれないんだろう」

「そうだけど、でも諒は？　そんな結婚がほんとにしたいの？」

「結婚は自己責任だ。俺は俺の意思で結婚したいと思っているんだから、ちひろは気にしなくていい。ちひろも、自分で相手を選びたいんだろう？」

そうして、三本、指を立てて見せた。

「お前にある選択肢は三つだ。分家の男、婚活アプリ、俺。まあ、婚活アプリで明日までに相手を見繕うのは難しいかもしれないが――どれがいい。お前が選べ」

にやりと笑って、諒は三本の指を軽く動かす。

「俺と結婚すれば、俺には都合が良い。お前も助かる。ウィンウィンだろ」

諒と結婚？　そんなこと考えたこともなかった。でも確かにいいかも……諒なら気心も知れているし、安心だ。

アルコールでふわふわしているせいか、なんだか最良の選択肢に思えてきた。

「……うん。いいね」

確かに、その三択なら諒しかいない。私は彼の三本目の指を握った。

後から考えれば、この頃にはもう正常な判断ができないくらい酔っぱらっていたのだ。

「じゃあ、決まりだな。乾杯」

諒がにっこり笑って、グラスを掲げた。私もそれに合わせてカクテルグラスを持ち上げて、くいっと呷る。

その後、これは『友達結婚』だ、先進的な結婚だと散々盛り上がったことは覚えているのだけど……

「……ちひろ。ほら、あと少し」

「ん……」

頭が重い。ぐらぐらする。足元が覚束なくて、隣にあるがっしりとした身体に、縋るようにしがみついた。私の腰には力強い腕が回されていて、そのおかげでくにゃくにゃになった膝でもどうにか歩けているようだ。

ぴっ、と電子音がして、扉が開く。中に進むとぱっと灯りがついた。それが眩しくて、目にも頭にも辛い。

「眩しい、頭痛い、やだぁ」

ここはどこだ、とかどうやってここに来たのか、とかそんなことを考える余裕はない。ただとにかく早く寝転がりたかった。ここまで飲んだのは本当に久しぶりだ。

どさっと柔らかい場所に仰向けに寝かされる。やっと力が抜けてほっとしたけど、身体は不快感でいっぱいだ。誰かの手がジャケットの合わせを開き、私の身体をゆっくり転がしながら脱がせてくれた。

それから私がさっき文句を言ったからか、ちょっとだけ部屋の灯りが柔らかくなった。おかげで、頭の痛みが和らいだ気がする。けれど、横になってるのにくらくら眩暈がするし、たくさんお酒を飲んだせいか喉が渇いて仕方がない。

気がつけば「水、水」とうなされたように口にしていた。多分そばにいる人――諒が水を持ってきて飲ませてくれるだろう、と信じていた。

諒はいつだって私を助けてくれるから。

ふっ、と意識が落ちかけたけれど、私の顔を撫でる大きな手の感触にまた薄く目を開く。

「ちひろ。起きられるか？」

そう言われても、身体が異様に重くて腕を持ち上げるのもつらい。できない、と首を左右に振ろうとしても眩暈（めまい）が酷くて、私は無反応でいるしかなかった。

すると、少しだけ時間がおかれた後。

「……んっ」

唇に冷たい感触が触れた。私の唇をぴったりと塞いだ柔らかい何かから、程よく冷たい水が流れ込んできて、私はそれを夢中で飲み込んだ。ただの水だろうに、ものすごく甘く感じて、世界中で一番美味しい水に違いないと思った。

夢と現（うつつ）を行き来する。

時々、諒の声が聞こえる。身体のあちこちを締め付けるものがそのうちなくなって、少し楽に呼吸ができるようになった。

大きな手が私の額や頬を撫で、髪をよけてくれる。

諒の手は指が長くて関節が少し太くて、ごつごつしている。なのに、触れ方がとんでもなく、柔らかい。まるで宝物を扱うかのように。

だから思った、ああ、夢を見てるのだと。

諒が私に、こんな触れ方をするわけがない。

だけど、酔って火照った顔にはそのひんやりとした手のひらが心地よくて、思わず私のほうから頬を摺り寄せて、おねだりをしてしまった。

「さっきの水、もういっかい」

さっき飲んだのに、もう喉がカラカラで辛い。

また、唇が塞がれた。こくこくと飲み込んでから、キスされているのだと気がついた。水の後から口内に入り込んだ冷たい舌が、私の上顎を撫でたから。

……欲求不満なのかな。諒とキスする夢を見るなんて。

思わず身じろぎしたが、諒の腕が私の頭を囲って固定する。最初はゆっくりだった舌の動きが、次第に激しくなり、舌を絡ませてくる。

息苦しくて、余計にぼうっとしてしまう。私の首筋に置かれていた手が、するりと撫でながら鎖骨まで下り、胸の膨らみに触れる。そこで初めて、自分が何もまとっていないのだと気がついた。

夢の中とはいえ危機感を覚え、逃げようとする。けれど、身体が動かない。

どうにか首を動かしてキスから逃げ出す。次の瞬間、熱い息が耳に触れて身体がぞくりと震えた。ねっとりと耳の縁を這う舌は、いつの間にか熱を取り戻し温かだった。

「ふ……うん」

絶えず舌先から送られる愉悦にぞくぞくし、何も考えられなくなる。

耳から首筋、鎖骨へと唇で辿られる。肌に触れる息は本当にこれが夢なのかと疑う熱さだ。

「……りょ、おっ」

胸にしゃぶりつかれ、背筋をよじらせてシーツを掴んだ。敏感な胸の頂を、温かな口内で舐られる。ざらついた舌が突起を押しつぶしたかと思えば唇が吸い上げ、そこから痺れるような熱が身体に広がっていく。

その間にも、もう片方の胸は手で揉みしだかれ、空いている手で胸の下から腰へと肌を撫でられた。

息が上がる。身体は思うように動かせないのに、腰だけが愛撫に反応してぴくりと揺れる。腰骨をくすぐられ身悶えたそのとき、ずっと口の中でいたぶられていた胸の突起に、歯を立てられた。

「あああんっ」

少し痛い。けれど、舌先がその痛みを和らげるように舐めてきて、甘やかされているような気持ちになる。その一方で、もう片方の胸の先が指先で摘み上げられて鈍い痛みを生んでいた。

頭がおかしくなりそうだ。気持ちいいのか、辛いのか、痛いのかわからなくなる。

腰と臀部をくるりとひと撫でした手が、太ももを這い、今度は脚の間へと近づいていく。

「ひあっ」

既に濡れそぼった襞はすっかり敏感になっていて、指先が触れただけで喘いでしまった。

くちゅ、くちゅと水音がする中、空気にさらされた襞を指が辿るのがはっきりとわかる。とろ、と蜜が零れる感覚まで。

「う、あ、ああっ」

ちゅぱ、と音を立てて胸が解放される。諒は起き上がって私の脚の間に身を置くと、片手で私の右脚を掴みしっかりと開かせた。

指先が丁寧に、襞の形を辿るように行き来する。蜜口を探られ、腰が揺れる。まるで誘っているようで、恥ずかしくなって涙が滲んだ。

アルコールのせいなのか愛撫のせいなのか、膜がかかったようにはっきりとしない視界の中で、私を見下ろす諒の目が熱を孕（はら）んで揺らめいていた。

「……ちひろ」

私の秘所をいたぶりつつも、掲げた私の片脚を抱き寄せる。

私を見つめながら内ももに口づけ、歯を立てるその仕草に、ぞくぞくした。秘所をなぶっていた指が、襞の奥に隠れた花芽を探り出す。

「や、ああっ！」

身体の奥が収縮し、頭の中が一瞬真っ白になった。

激しい息遣いが重なり合う。身体に伸しかかってくる重みに、すぐに意識が呼び戻される。

唇同士が触れるか触れないかの距離で、彼の舌が私の唇を舐めた。

「……俺のものだ」

指を絡ませ合うようにして、私の手はシーツに縫い留められている。

「どこにも行かせない」

私の名前を呼び、そう囁（ささや）いたその声は、とても優しく、ベルベットのように耳に柔らかでありながら、強い意志を秘めていた。

「愛してる。……もっと早く、こうしていれば良かったんだ」

そうしてまた、酸素すら奪うような激しいキスに、私の意識は今度こそ深い闇に落ちていった。

人肌の温もりを久しぶりに感じながら、私はうつらうつらと微睡(まどろ)んでいた。

頭の中に断片的に残ったシーンに、すごい夢を見てしまったと、ぼんやり考える。

朧(おぼろ)げな視界で揺れた瞳、大きな手。

それらが諒のものだと思ったとき、はっと急速に目が覚めた。

「……あ、れ？」

どくどくどく、と心臓が早鐘を打っている。

めちゃくちゃリアルな夢だった。……夢、だよね？

いや、夢に決まっている。諒と私が、そんなことになるわけがない。

混乱する頭を軽く振れば、ずきんと激しい頭痛に襲われた。

「いっ……たぁ」

とても起き上がれそうにない。ぎゅ、と目をつむって額に手を当てる。

大体、ここは一体どこ。

視線を巡らせて、どうやらどこかのホテルの一室らしいと理解した。

でも、なんで、ホテル？

そう疑問が湧いたとき、すぐそばで男の低いうめき声が聞こえた。

「ん……ちひろ？」

ぴき、と思考回路が停止する。寝起きの少し掠れた声だけれど、確かによく知っている声だ。同時に、私のお腹に絡みついていた腕の存在に気がついた。

「え……」

ベッドの中で背後から抱きしめられている。その現状を理解するために、ぼんやりとした頭を無理やりに叩き起こした。

今は、多分朝。さっきの声と、夕べ一緒に飲んだことから考えるに、今私を抱きしめているのは諒に違いない。

そう頭が判断すると同時に、慌てて上半身を起こす。いや起こそうとした。しかし、がっしりと私を抱える腕が案外力強くて、ぽふっと頭が枕に逆戻りしてしまう。

「わっ、ちょっと……っ！」

それでもどうにかベッドのヘッドボードを掴み、腕の拘束をそのままに上半身を捻って、まず自分の状況を確認した。

「……どういうこと」

裸ではない。が、私も諒もおそらく素肌の上にバスローブ姿だ。これは、どう判断したらいい？

何かあったようにも思えるし、私をただ着替えさせただけのようにも見える。

え、何も、ないよね？　あれはただの夢だよね……？

心臓が、痛いくらいに跳ね始めた。手にじっとりと汗が滲(にじ)む。

嘔吐でもして汚しちゃったから、自分でちゃんと着替えたとか……

昨日のことを思い出そうとしたが、ずきずきと響く頭痛に邪魔される。

今まで散々一緒に飲んで送ってもらっているけれど、こんな状況は初めてだった。さすがに戸惑いが隠せない。

「諒、ちょっと、離してって」

私の腰に絡みついたまま、再び寝息を立て始めた諒を見下ろす。がっしりとした身体と、伏せた睫毛(まつげ)の長さに異様にどきどきしてしまう。

……落ち着こう。

何もないはずだ、私たちは友達なのだから。

そう自分に言い聞かせて、どうにか平静を取り戻す。

そう、何もないのに狼狽(うろた)えたりしたら、変に意識しているみたいでおかしく思われる。

とにかく、今日は土曜で私の仕事は休みだ。だから私はいいけれど、諒の仕事はどうなってるんだっけ。っていうか、昨日、途中から何の話してたっけ？

それすら今ははっきり思い出せなかった。

深呼吸をして早鐘を打つ心臓を少し落ち着かせてから、今度はちょっと大きめに声をかける。

「諒？　起きなくて大丈夫？」

諒は、建築デザインの仕事をしている。クライアントの都合もあるから、土日が必ずしも休日とは限らない。いつもの諒なら、どんなに飲んでも仕事に支障を来すイメージではないが、この状況を見るに昨日は珍しく飲みすぎたのかもしれない。

まだ起きる気配のない諒の肩を、軽く揺すった。

「諒ってば。仕事は？」

「……ん」

はあ、とため息まじりの声が聞こえ、思わずびくっと身体が震えてしまった。吐息がバスローブ越しに私の横腹をくすぐる。

これ以上このゼロ距離には耐えられない。

「諒っ！　私は起きるからね！」

ぺんっと諒の頭を軽く叩くと、「いてっ」という声と同時に諒の腕が緩んだ。その隙にもう一度拘束からの脱出を試みたが、またしても叶わない。

「……ご両親との待ち合わせは昼だって言ってなかったか？」

掠れた声でそう言い、私の腰をがっしり抱いたまま諒が器用に起き上がる。そして反対の手を、私の前方斜め上へと伸ばした。どうやらベッド脇にあるナイトテーブルにスマホが置かれてあり、それで時間を確認したいらしい、のだが。

「わ、私はそうだけど、諒は仕事かもしれないと思って」

そう答えながらも、まるで覆い被さられるような体勢にカチンと固まった。

この距離感に、少しも戸惑わない諒にむしろ驚く。もしやまだ、寝ぼけているのだろうか。

喉仏の出た逞しい首が、すぐ目の前にある。私は息を詰めて早く離れてくれるのを待った。

「休みって言っただろ。昨日の話、忘れたのか」

「え、あ、ごめん……」

どうやら昨日聞いたらしいが、さっぱり覚えていない。

スマホで時間を確認した彼は、それで起きる気になったらしく、ようやく腕を解いてくれた。私も息を吐き出し、身体の力を抜く。

「……なんか酔っぱらって面倒かけちゃったみたいでごめんね。私、帰るわ」

どっと疲れを感じた。とにかくいつもと違うこの距離感から逃げ出したい。

さっさと帰って……いやそれより先に実家に連絡を入れて、今日の予定はキャンセルだと伝えなくては。

今度こそベッドから足を下ろし、帰り支度を始めようと自分のバッグを探して部屋を見渡す。そこに、不思議そうな声がかかった。

「帰る？　なぜだ」

「え？　なぜって……」

「ああ、服か。確かに仕事用のスーツじゃまずいな。ここのショッピングフロアで揃えよう。その前に朝食だな」

私は眉を寄せて、諒を見上げた。私の隣に寄り添おうとしてくるから、思わずお尻をずらして距離を取る。

どうも、会話がかみ合ってない気がする。が、そう感じたのは、諒のほうも同じらしい。じっと数秒見つめ合った……というより睨み合った後。

「お前、昨日のこと、どこまで覚えてる？」

「えっ？　どこまでって……なんか記憶が飛び飛びではっきりとは」

正直にそう言うと、彼は呆れたように眉尻を下げる。それから何かを考えこむように口元に手を当てた。

「……ここに来たのは？」

「いや、気がついたら朝だった……感じ……」

答えながら思い出したのは、夢の断片。途切れがちではあるけれど、生々しく淫靡な光景が一気に蘇る。

夢の中の熱っぽい諒の瞳が、目の前の現実の諒と重なり、かあっと身体が熱くなった。

「ちひろ？」

「いや！　なんにも覚えてない、寝てた！」

「だろうな。よく眠ってたからな」

慌てて答えたので、少し声が上ずってしまったが、その後の諒の言葉に心底ほっとした。やっぱり、熟睡してたのだ。変な夢を見るほどに。

「……ねえ、もしかして、これに着替えさせてくれたのって」

「文句言うなよ。苦しいしんどいってごねたのはお前だからな」

「……すみません」

何もなかったのは良かったが、どうやら裸は見られたらしい。かといって文句を言える立場でもなさそうだ。

熱くなった頬をこっそりと手で扇いでいると、再び諒が問いかけてきた。

「店での話は？　ちゃんと覚えてるか」

「え？　なんか大事な話した？」

そう言うと、諒の目が細められ、冷ややかなものになる。

「え、何？　なんかまずい？」

こめかみに手を当てて、記憶を掘り起こす。確かカクテルを飲みすぎて、酔っぱらい、いけすかない遠戚と結婚させられるかもしれないと話してしまった。それは覚えている。しかも、泣きながら。

情けない、もう深酒はやめよう。

そう心に誓いつつ、更に記憶を辿っていると、諒がヒントを寄越した。

「……三択。お前が誰を選んだか覚えてないのか」

「は？　三択？」

一体、何の話？

首を傾げたが、それがキーワードのように働いて、ぼんやりとそのときの諒の顔が頭に浮かんできた。そこから芋づる式に昨夜の会話が思い出され、目を見開いて諒を見つめる。

『結婚は自己責任だ。俺は俺の意思で結婚したいと思っているんだから、ちひろは気にしなくていい。ちひろも、自分で相手を選びたいんだろう？』

そう、夕べ、この顔でそんなセリフを聞いた。

泣きすぎて瞼（まぶた）が腫れてヒリヒリしていたのを覚えている。

『俺は友人の中でも一番ちひろと気が合うし、誰より信頼してる』

『俺は、女にべったり依存されたくない。その点、ちひろとなら結婚しても友人関係を崩さないでいられるだろう？　お前はマイペースだし、連絡無精だしな。俺が連絡しないと、そっちからメールも電話もしてこないだろ。やれ連絡がないだのやれ寂しいだの、挙句、仕事と私、どっちが大事なのとか言い出すこともないだろうし』

そうだ、そんなことを言っていた。自分も、面倒な女に付きまとわれて困っているから、私みたいなタイプと結婚できれば都合がいいのだと。

そうして三択を迫られた。私は自分で諒を選び、彼の指を握ったのだ。

嫌な男と結婚せずに済むことにほっとして、盛り上がって散々飲んで、そして酔いつぶれたのだろう。それ以降の記憶を辿るのは無理だった。

「思い出したか？」

頭を抱える私を見て、諒が喉を鳴らして笑う。

「途中までは……ここどこ？」

「ハイアークホテルだ。気が利くだろう」

なんと私が両親と待ち合わせているホテルだった。ここの和食レストランに予約を入れてあるのだ。

「俺との結婚に合意したのは覚えてるな？」

諒が前屈み（まえかが）になり、私の顔を覗き込んでくる。

覚えていますとも——私は眉間にぐっと力を入れた。

いくら酔っていたとはいえ……追い詰められていたとはいえ！　どうしてそんな結婚

にそこまで乗り気になれたのだ、私！

「……酔っぱらいコワイ」

「俺は酔ってなかった」

諒がきっぱりと言い切るものだから、どきりとする。

酒のせいにしてなかったことにするつもりかと、咎められている気がして罪悪感が生まれた。

いや、でも、酔ってるときにそんな選択をさせる諒も悪い。

「これ以上ない良案だろう？　それに、友達が望まない結婚を強要されるのを黙って見てられないし」

むしろ私のためだと言いたげだ。

「だからって、諒と結婚なんてできないでしょ、別に恋人ってわけじゃないんだから。だって結婚って……」

つまり、結婚するということは、昨夜の夢のようなことも現実になるのだ。それを考えたら友達と結婚なんて、ありえない。

口に出しては言えなかったが、顔も耳も火照り出した私を見て察したのか、諒はにや、と意地悪な顔で笑った。

「ちひろが望むなら、俺はもちろん、そういうこともありで構わないが」

「は？　え？　何言って」

急に諒の手が私のバスローブの紐に伸びてきたので、咄嗟に後ずさって逃げた。だが、彼の手が紐をほどくことはなく、指でくるりと弄んだだけですぐに離される。

今度はその手が私の目線まで持ち上げられて、ぴんっと額を弾かれた。

「いたっ！」

「冗談だ」

くっくっ、と肩を揺らして笑われ、かあっと顔が熱くなった。

「ちょっと！　こっちは真剣な話してるんだから、からかわないでよ！」

憤慨して声を荒らげたが、失礼なことに諒はそれでもおかしそうに笑っている。

「お前が変に重く受け止めるからだ。一時避難的な結婚だと思えばいい。ちひろはそれで嫌な男との結婚から逃げられる。俺は面倒な女を追い払えるし、ゲイ疑惑も払拭できるしな」

「……え？　あ、そういうこと？」

ようやく、諒がそんな結婚を言い出した意図がわかった。つまり、便宜上、一時的に夫婦のフリをしよう、ということだ。

ほっとして、肩から力が抜ける。

そういうことなら、友達結婚なんて言い出したのも理解できる。大きく息を吐いた私を見て、諒が少し口角を上げて笑った。

だけど、一時的といっても全く問題がないわけじゃない。

「でも、本当に籍も入れちゃうことになるよ？　うちの親、疑い深いから絶対にそこまで確認すると思うし」

「婚姻届もちゃんと出す。俺だってそのほうが助かるからな」

「でも、後で本当に好きな人ができたら？」

私はともかく、諒に好きな人ができたら迷惑がかかる。

「……そうだな。じゃあ、どちらかに真剣に結婚したい相手ができるまで——そう決めておくのは？」

「バツイチになっちゃうよ？」

「今時珍しくもないだろ」

なんでもないことのように、ひょいっと肩を竦める。まあ、確かに今のご時勢、バツイチは珍しくもない。もしかしたら再婚するときにネックになるかもしれないけれど、何にせよバツイチくらいでダメになるような相手なら結婚しないほうがいいだろう。そもそも、そんな未来のことよりも差し迫った分家の男との結婚を回避するのが優先なわけで……

そう考えたら、この提案に対しての異議は、なくなってしまった。

……いいの？　本当に？

諒さえそれでいいのなら、私のほうは助かる。

悩んでいる間にも、刻一刻と時間は過ぎる。実家からこっちまでは新幹線で二時間ほどだ、中止にするなら早く連絡をしなければ両親が家を出てしまう。

「私のスマホ……」

どこだ、と顔を上げると、ベッドサイドのテーブルに置いてあったようで、諒が私に差し出した。

スマホの時刻表示は七時三十五分、新幹線に乗るまでの時間も考えれば九時前には家を出るだろう。

今ならまだ間に合う。逃げられたとは言えないから、都合が合わなくなったと言うしかない。だけど、それじゃあすぐに次の約束を持ちかけられるに決まっている。

本当に諒が協力してくれるなら、これまで散々悩まされたプレッシャーから解放されるのだ。

ごく、と溜まった唾を呑み込む。そして、ぎゅっと、膝の上で手を握った。

「……わかった。親に会って。よろしくお願いします」

その後のことは、また後で考えよう。今は、きっとこれがベストだ。

意を決して諒に向かって頭を下げる。

するとふっと笑った気配がして、ぽすんと頭に手が置かれた。

「とりあえず、シャワー浴びてこい。それから何か食いに行こう」

くしゃくしゃっと私の髪をかき混ぜる。

諒の手は大きくて優しくて、温かで。友達なのにこんな甘え方をしていいのかと申し訳なく思う。

諒は本当に、迷惑じゃないのかなあ。

まだ迷いを残してはいたが、夕べの酒の余韻が残っているのか、頭がうまく働かない。

「……わかった」

とにかくシャワーを浴びて、頭をすっきりさせることにした。

脱衣所で、バスローブの合わせを開く。なんとなく、自分の身体を見下ろした。

ブラジャーは外されていたけど、下はちゃんと穿(は)いてる。あの艶(なま)めかしい夢の痕(あと)はなかった。

「……夢、だよね」

靄(もや)がかかって、はっきりしないけれど、断片的に熱い息遣いや諒の声が耳に残っている。

きっと、結婚なんてことになったから変な夢を見たんだ。

ふるりと頭を振って、頭の中の映像を振り払う。バスローブを脱ぎ捨て熱いシャワーを頭から浴びて、肌に残る夢の余韻を洗い流した。

その後、朝食を済ませてからホテルのショッピングフロアに連れ出され、フォーマルなワンピース一式をそろえ、身支度も万端。しかも、自分で払うと言ったのに、強引に諒に払われてしまった。こんなに甘えてしまっていいのだろうか……。

こうして昼の十二時を少し過ぎた頃、私の両親をふたりで出迎えたのだった。


和食レストランのお座敷で、テーブルを挟んで両親と向かい合う。大きな窓からは美しく手入れされたホテルの中庭が楽しめる。といっても、真冬のこの時期はどこか物寂しい雰囲気だが、それもまた趣（おもむき）があった。

テーブルの上には、食前酒と色鮮やかな先付けの小鉢が並ぶ。店員が下がったところで、諒が一度座布団から下りた。

「高梨諒と申します。ちひろさんとお付き合いをさせていただいております」

ロビーでも簡単に紹介は済ませていたが、改めて名乗って背筋を正す。父は難しい顔をしたままだが、母が笑みを浮かべて座布団を勧めた。

「昨年、娘から聞きました。それまで結婚を考えている方がいるなんて全く聞いていなくて、驚いてしまって……いつからお付き合いしてるのかしら」

「お嬢さんとは大学で知り合ったのですが、二年前、私のほうから結婚を前提にお付き合いを申し込みました」

「まあ、こんな素敵な方が、どうしてちひろに、ねえ……」

……失礼な。

「心根の優しい、温かな女性です。なかなか頷いてくださらず……そんなところにもますます惹かれました」

一体誰の話をしているのだろう、自分のことのような気がしない。諒の言葉で聞くと、私がとても貞淑で、素敵なお嬢様のように思えてくる。

ふたりの馴れ初めに関しては、今朝モーニングビュッフェを食べながら打ち合わせておいた。

筋書きどおりに答える諒は、少しも狼狽えることがない。大嘘を吐いているというのに大した心臓だ。

私のほうはというと、バレやしないかと気が気じゃないのと、自分のこととは思えない褒め言葉に胃がしくしくと痛んできた。

だけど、母と諒でうまいことやり取りを終えて、父がこのまま黙っていてくれれば、とりあえずこの場は凌げる。そうなることを願っていたのだが――

「その年になってまだ結婚相手も見つからないのかと心配し何度も尋ねたが、ちひろの口から君の名前が出ることはなかった。二年も付き合っておかしくないかね」

ぎくりとして、顔が強張った。

父の言うとおり、本当に付き合っていたのなら、こうなる前に諒の名前が一度くらい出ていてもおかしくない。だけど、不幸中の幸いだったのは、これまで付き合った相手の名前を一度も両親に告げたことがなかったことだ。

「付き合ってるなんて言ったら、すぐ会わせろって言うから黙ってたの」

「当たり前だろう。行き遅れるんじゃないかと心配してやってるのに」

心配してやってる、って何。

かちん、と来たけど、ここで喧嘩をするわけにもいかない。どうにか深呼吸で気持ちを落ち着かせる。

「だから、心配はかけたけど……」

今会わせたんだからもういいでしょ、と投げやりに答えそうになったとき、諒が父に向かい堂々と答えた。

「私ではまだ頼りなく、ご両親に紹介することはできないと考えていたのだと思います。とても堅実なお嬢さんで、本当に私にはもったいないと身が引き締まる思いが致します」

ちょっと持ち上げすぎだと言いたくなるようなセリフで、聞いてるこっちがむずがゆくなってしまった。

よくそんなセリフを考えつくなあとちらりと横目で見たら、まっすぐ父を見ていた目が、ふいに私に向けられた。

どきん、と鼓動が跳ねる。お芝居にしてはできすぎなくらい優しい目で、まるで恋人を見つめるような表情だった。

迫真の演技すぎて、心臓に悪い。思わず諒の視線から逃げて、父へと戻した。

「諒が頼りないとか、そんなことは思ってないから」

照れてないで私も少しは援護射撃をしなければと口を出す。けれど、父が鼻で笑った。

「大学で知り合ったってことは、お前と同じ美大だろう」

「美大の何が悪いのよ」

「ふん、美大なんぞ出て、大した仕事に就けるとは思えん」

再びかちんと来る。今度は頭の中でバトル開始のゴングが鳴った。

私が馬鹿にされるのはいい加減慣れているけれど、紳士的に両親に筋を通そうとしてくれている諒まで馬鹿にするのは許せなかった。

「諒はちゃんと建築デザインの道に進んで身を立ててます。尊敬できる人だから」

声高に主張する。これは本当のことだ。私は結局事務職にしか就けなかったけれど、諒は希望の職種に就けた。それは、諒の努力と才能の賜物(たまもの)に違いなく、誰かに馬鹿にされるいわれなどないはずだ。

父に対する長年の反発心もあり、つい口調がきつくなってしまう。さらに言い募ろうとすると、横から伸びてきた諒の手が私の手に重なり、宥めるように握られた。

「ご心配のほどはわかります。おそらくちひろさんも同じように考えて、これまでご両親に紹介することをためらわれていたのだと思います。ですが今季からようやくアートディレクターの仕事を任されるようになり、こうしてご挨拶の許可をいただきました」

……ちょっと。それではあまりにも、私が上から目線じゃないだろうか。

傍から見れば、『こいつどんだけ自分がいい女だと思ってんの』と白い目で見られそうだ。

だが、どうやら自分の娘が優位に立っていることが、父の矜持を満足させたらしい。

「当然だ。そこいらの男に媚びを売るような娘には育てていない」

あなたの娘は婚活アプリに頼り、しかもそれなりに媚びを売ってましたスミマセン。

――という皮肉は当然呑み込み、ビール瓶に手を伸ばす。ようやく父が少しばかり表情を軟化させたのだ、この機会を逃してはいけない。

「もういいでしょ。それより早く食べないと店員さんが困るでしょう」

「そうね、ほらお父さん」

母が横から父にグラスを持つように促す。諒も近くにあった瓶を手にして、父のほうに向けた。父はすっとグラスを前へ差し出した。

……やった。

父が気に入らない相手から酌を受けることはない。今日の首尾としては十分すぎるほどの成果だ。

それは母も見ていてわかったのか、私に向かって微笑む。

『よくやったわ』なのか『良かったわね』なのかはわからないけれど、その微笑みから察するに母も満足したらしい。

良かった、どうにか今日は乗り切れた……多分。

安堵の息をそっと漏らすと同時に、肩の力が抜けた。

それからも、諒は上手に父と私を持ち上げた。そうしておきながら自分の仕事のことを語り、途中からは父と忌憚なく語り合うまでになっていた。

食事が終わる頃には、いつ籍を入れるのか、と父のほうから先走った話をするほどになっていたのである。

食事後、少しの時間だったが両親を観光に連れ出し、その後新幹線の駅で見送った。

「うまくいったな」

「いきすぎだよ……」

ぴゅる、と凍てついた風がホームを吹き抜ける。今年は暖冬だとテレビで言っていたけれど、さすがに二月上旬は寒い。急ぎ足で暖房の効いた駅構内の地下街を目指す。

不意に、風が緩んだ気がした。見ると、隣に並んだ諒がちょうど風上側で、壁になっている。

……もしかしてわざと？　それとも偶然かな？

こんな風に、彼女を気遣うみたいなことをされると戸惑う。それとも、私が変に意識してしまっているだけだろうか。

けど、意識しちゃうのも当然なくらい、今日の諒は頼もしくて……格好良かった。悔しいけれど。

ぼうっとその横顔を見上げていると、彼も目だけ動かして私と目を合わせる。

「どうした？」

どうして諒を見つめてしまっていたのか、その理由を口にするのは気恥ずかしくて、なんでもないと首を振った。

「今日はごめんね。気分悪かったでしょう」

両親が帰ったら謝りたいとずっと思っていた。

最初ロビーで顔を合わせたときなど本当に酷い態度だった。

まるで品定めをするような目をしていた。諒は少しも怯まず、むしろいくらでも品定めすればいい、と堂々としたものだったけれど。

「娘の親なんてそんなもんだろう」

「うちの親は普通と違うよ。でも最後にはふたりともすっかり諒に誑(たぶら)かされてたね……」

「人聞きが悪いな」

最初、諒と私が志望大学で知り合ったのだと聞いたとき、父の目に馬鹿にするような色が浮かんだ。私が志望大学を決めたときもあんな顔だった。デザインの仕事に就きたいと言ったのに、父の大反対を受け……もっとも、実力行使でデザイナーになってやる、と息巻いても現実は厳しく、結局事務職をしているのだけれど。

父の態度が軟化した後、諒の仕事のことを聞き、勤めている会社が日本最大手の建設会社だと知ってやっと満足したらしい。

そうしてあれよあれよというちに両親の信頼を勝ち取り、帰る頃には『娘をどうぞよろしく』と頭まで下げさせた。

なんかもう、さすがとしか言いようがない。この世渡り上手め。

「諒はすごいねえ」

「選んで正解だったろ」

「はは、三択ね……確かに」

しかし、こうも両親に気に入られては、本当にこの結婚を実行しなくてはいけなくなった。

エスカレーターを降りて、駅構内の地下街に入る。そこでやっと冷たい風から逃れられた。

「ふあぁ、あったかい。どこかでコーヒーか……あったかいものでも食べていく？　今日のお礼に奢るから」

「何の礼だよ、これはふたりの問題なんだから当たり前だ」

ふたりの、問題。

そう言われて、歩く速度が緩んだ。何やらくすぐったい感覚に襲われて、また隣を見上げる。

するとまた、彼がそれにすぐに気がつく。

「何だ？　今日は何か変だな」

「いやぁ……変、ではないよ」

今更ですが、あなたの高スペック具合に圧倒されているのですよ。偽の恋人をこんなに思いやれるなんて。

なんだか本当に、私と結婚していいのかしらと申し訳なさが募ってしまう。

と、そのときだ。

「ちひろ」

「えっ」

急に腕を掴まれて引き寄せられた。今だって十分近かったのに、まるで諒の腕の中にすっぽり入るように抱き留められて、一瞬身体が硬くなる。

「すみません」

諒のそんな声がして後ろを振り向けば、人がすぐそばを早足で通り過ぎていった。ぶつからないように腕を引いてくれたらしい。

「とりあえず歩きながら店探すか」

「え」

「食いに行くんだろう?」

腕を掴んでいた手が、すっと下りて私の手を握った。そのまま当たり前のように手を繋いで歩いていく。

「う、うん」

「何がいい?　寒いから鍋がいいか?」

冷えた指先を温めるみたいに、彼の指が優しく私の手を摩(さす)った。

諒との付き合いは長いけど、こんな扱い、されたことがない。それが今までとは違うこれからの私たちの関係のような気がして。

なんだか不安と期待が入り混じったような、複雑な気分だった。

＊＊＊

四月、春。

遅咲きの八重桜が美しい季節になった。職場も新しい人材が入ったり部署異動があったりと何かと忙しない時期だが、私はものすごく仕事の早いパートナーのおかげでさらにてんてこ舞いだった。

パートナーとは、職場のではなく生活上のことで、夫となる人。

つまり、高梨諒のことである。

昨年の法事で望まぬ相手との結婚を勧められ、慌てて婚活を始め、相手に逃げられたのが今年の二月。

代打で諒を両親に紹介した。その後当然諒のご両親にも挨拶をして、そちらは拍子抜けするほどすんなり終わり、私たちは両家公認の婚約者となったのだが――

あれから、二か月と少し。たったそれだけしか経っていないというのに、四月の第三日曜日、なぜか私は自分の部屋を引き払い、諒のマンションに越してきていた。

「ありがとうございました」

荷物の搬入をしてくれた引っ越し業者を見送り、ご機嫌な諒のそばで、私はやや呆然と立ち尽くす。

「ちひろ、どうした？」

「あ、いや……ちょっと」

このところ忙しすぎて、考える余裕もなく諒に言われるままに荷造りをして今日を迎えたが、改めて思い返すとあまりにも素早く事が進みすぎている。

両親に紹介し、結婚の許可を得たからといって、現実に結婚するのは早くても半年先だろうと思っていた。

ところが、諒はいつのまにやら私の両親と直接やりとりするようになっていた。特に母親はすっかり諒と仲良くなったらしい。私の知らないうちに実家にまで行っていたうえに、結婚式はいつにするのか、入籍は、などなどを勝手に両親と決めていったのである。

その結果、ひとまず婚姻届を先に提出し、一緒に住むことになったらしい。結婚式は三か月後の七月だそうだ。

まるで他人事のようだけれど、だって私、全部これらの決定に関わってないからね。

「はあ……荷物片づけてくる」

「ちひろ？」

ため息を吐いて諒に背を向け、寝室の横にあるゲストルームの扉を開ける。今日からここが私の生活空間だ。

ひとり暮らしのときに使っていたベッドとクローゼットが、すでにセッティングされている。まずは服の入った段ボールを開けたところで、諒が部屋に入ってきた。

「手伝おうか」

「やだ」

何を言うのか。服の収納なんて、下着だってあるんだし、手伝ってもらうわけにはいかない。

だけど、言葉少なに拒否した私を放っておけないのか、いつまでも部屋から出ていく気配がない。

見られているとなんかやりにくいのに。

先に諒を部屋から追い出してしまおうと後ろを振り向こうとしたら、それより先に私の背後から、にょきっと両腕が伸びてきた。

「え……ちょっとっ！」

段ボールの前に膝をついていたところを、背中から抱きしめられ、そのまま後ろに引き寄せられる。

バランスを崩して尻もちをついたものの、上半身はしっかり諒の胸に抱き留められていた。諒も脚を投げ出して座り、私の身体はその脚の間に収まる形になる。

「もう、何を……片付かないでしょ」

「何を怒ってるんだ？」

身体の前で、諒の両腕がクロスされていて逃げられない。上から覗き込まれて、どくんと心臓が跳ねた。

「別に……怒っては、いないけど」

「嘘つけ。気に入らないことがあればちゃんと言え」

諒の体温が伝わってくる。

なんで、こんなに密着するの。

このところ、諒はよくこういうことをする。近すぎる距離に文句を言いたいけれど、力で敵うはずはない。結局諦めてその胸に身体を預けつつ、諒を睨んだ。

確かにこの距離とは別に、怒っていることがある。

「なんで私が蚊帳の外でどんどん話が進んでるの？」

両親に気に入られたことはとても助かる。だが、どうして新婦であるはずの私を置き去りにして事を進めているのか。

「式場はちひろが選んだだろ？」

「それも三択でしょ！」

事前の相談もなく、ある日突然、式場を三つ諒が見つけてきて、私に選ばせたのだ。

どうしてそんなに三択が好きなのだ。

「そう怒るな。式場選びに時間を取られると、他の準備が苦しくなる」

それは、無理やり結婚式を七月に設定したからでしょう、と言いたい。そこまで急がなくてもいいじゃないかと思うのだ。

まあ、諒の気持ちもわからないでもない。早いとこ結婚して職場のゲイ疑惑を払拭したいのだろう。

「急ぐのはわかるけど、式場のピックアップくらい相談してほしかった」

「ちひろの好みはわかっていたつもりだが……気に入らなかったか？」

そう尋ねながらも諒は自信たっぷりに微笑む。そんなはずないだろう？　とでも言いたげに。

なんだか悔しいが、そのとおりだった。三つの式場全部が私の好みで、なおかつそれぞれタイプが違っていて、ひとつに決めるのにかなり悩んでしまったのだ。

「すごく、素敵な式場だったけど……よく見つけてきたね」

悩んだ末に私が選んだのは、郊外にあるホテル併設の式場だった。中世ヨーロッパの教会のような、厳（おごそ）かな礼拝堂があり、粛々（しゅくしゅく）とした雰囲気が気に入った。

一方、披露宴会場は真っ白な空間に花がたくさん飾られた華やかな印象で、料理の評判もいい。文句のつけどころのない式場だった。見つけてきてくれて感謝はしている。

「気に入ってくれて良かった。ドレスは好きなのを選べばいい」

「まさかそれも三択だったら怒るよ」

「半日使ってゆっくり選べるように予約を入れてある」

そう言って優しく微笑むと、諒の手が軽く私の顎を捉えた。何を、と不思議に思っていると、ちゅう、と額にキスをされる。

驚きすぎて、反応が数秒遅れてしまう。

「なっ、ちょ、やめてって！」

「んー？」

んー、じゃない！

じたばたともがいて離れようとしているのに、諒の腕はなかなか緩んでくれない。完全に私の反応を楽しんでいるとしか思えない。

「もう！　早く片付けたいんだってば！」

顔を真っ赤にして声を上げると、クスクス笑いながら腕を広げてくれて、やっとそこから脱出できた。

「じゃあ、食事は俺が作っておくから。気にしないでゆっくり片付けろ」

ぽん、と私の頭に手を置いて立ち上がると、ようやく部屋から出ていく。

私は段ボールの箱に手を置いて、どっと脱力した。

おかしい、おかしい。

最近、妙に距離が近くて戸惑っていたけれど、引っ越してきて早々、おでこにちゅーをされるとは思わなかった。

「……絶対、おかしい。いや、からかってるだけだ、きっと」

結婚するといっても、あくまで友達結婚という話だ。だから当然のように部屋も別だし、諒だって〝フリ〟以外のことは望んでいないはずだ。ただちょっと、夫婦の真似事をして私をからかって遊んでるんだろう。だって、いっつもにやにや笑うし。

「……けど、意外」

真似事にしたって、あんな風に抱きしめたりべったりくっついてキスしたり、そういうことをするなんて。たとえ相手が本物の恋人だったとしても、もっとドライなタイプだと思っていた。

「……片付けよ」

考えても仕方ない。からかわれているだけなのだから、悩むだけ無駄だ。


諒の住まいは、駅近のタワーマンションの高層階にある。中小企業のしがない営業事務の私ではとても住めないような、高そうな部屋だ。

玄関を入ってまっすぐ伸びた廊下の右手に浴室や洗面台、洗濯機などがある脱衣所の扉、その隣にトイレ。左手にふたつ部屋があって、そのひとつ、玄関に近いほうが寝室で、リビングに近いほうが私が使うことになったゲストルームだ。

リビングは、広々としていて、無駄な家具は置かれていない。デザイナーらしいスタイリッシュな印象だ。

L字型のソファと一人掛けのソファがガラスのローテーブルを中心にして置かれ、少し離れたところに大型のテレビがある。フルオープンサッシの広々とした窓の向こうには、小さな庭と言っても過言ではないほど広いベランダが続いていた。

リビングから続くダイニングには、二人掛けの小さなテーブルセットがアイランドキッチンのカウンターに寄り添うように置かれている。

「生活感がなさすぎる……」

あらかた服の収納を済ませ、一旦休憩しようとリビングに来てみたけれど、まるでモデルルームのような部屋に言葉を失った。

やだ、これ。お掃除もこのレベルを求められるの？

どっちかというと、私は狭い空間にごちゃっと物が置いてあって、こたつに座った位置から手を伸ばせばなんでも届くぐらいがちょうどいいのだけれど。

誰もいないリビングとダイニングを横切って、キッチンに入る。シルバーの綺麗な流し台はピカピカだ。けど、ＩＨクッキングヒーターの周りには、塩コショウの他にも乾燥ハーブや香辛料が並べてあって、自炊をしている様子がうかがえた。

料理もできるなんて、ちょっとできすぎじゃなかろうか。

コーヒーメーカーがあったので、ふたり分作ってカップに注ぐ。

諒は、寝室にでもいるのかな？

カップを両手に持ったまま寝室の前まで来て、しまったと思った。

これではノックもできない。

「諒？　寝てるの？」

仕方なく声だけかけると、すぐに中から物音がして、扉が開いた。

「ちひろ？」

「コーヒー勝手に淹（い）れちゃったから、持ってきた」

はい、とカップをひとつ差し出すと、諒の顔が嬉しそうに綻（ほころ）ぶ。

「いいな、こういうの」

「うん？　そう？」

たかがコーヒーを淹（い）れただけなのに、何が良かったのかわからず首を傾げた。

その拍子に、つい諒の背後――寝室の中に目を向けてしまう。ゲストルームも十分な広さがあったけど、ここはさらに広そうだった。

「入るか？」

「え。いや、いい」

「仕事にも使うからパソコンをこっちに持ち込んである。ちひろも使いたければいつでも入っていい」

諒が身体をずらし、寝室の中へと私を促した。でかいベッドがどんっと真ん中にあるけれど、それはまあ、おいといて。

中に入ると、入口からは死角になっていたところに、木と黒いアイアンのシンプルなデスクとキャスター付きの椅子があり、ノートパソコンが置いてあった。

「仕事用なのに私が使っていいの？」

「仕事専用ってわけじゃない。仕事に使うデータは別に保存してるし」

「そうなんだ」

近づくと、設計などで使われるソフト——CADの画面が開いていた。もしかして仕事をしていたのだろうか。

「ごめん、邪魔した？」

「いや、ちょっと遊んでただけ」

「CADで遊ぶって……高度だね。私なんてもう最近はインターネットくらいしかしないけど」

見るとわりと新しいパソコンで、私も慣れた機種だったので使い勝手も良さそうだ。

パソコン画面を覗き込むと、何かの間取り図を作っている途中だったらしい。

「これ、一軒家？」

まだ簡単な線だけの間取り図だけど、どうやら個人住宅のようだ。ころ、と音がした。諒が椅子を引いて座るように促してくれる。そのまま腰を下ろし、パソコンに正面から向かい合った。

「ああ。どう思う？」

「随分大きいね」

「遊びだからな。あれもこれも希望を入れてたらこうなった。なんでも入れたがるのはクライアントにありがちだけど、俺も人のことは笑えないな」

諒が後ろから手を伸ばし、マウスを握って画面を操作する。少しずつ下に画像がスクロールされると、一階と二階の図面、更に下には内観と外観のイメージ画まであった。

「え、これ、諒が住みたい家ってこと？」

「そう。遊びだって言っただろ」

「大豪邸なんだけど！　ちょ、さっきのとこまで戻って」

くすくす笑いながらお願いして、一階二階の間取り図に戻ってもらう。

全体の中心に吹き抜けがあって、一階と二階に繋がりを感じられる空間になっている。

だが、吹き抜けは場所を取るので、その分、その他のスペースは小さくなりがちだ。にもかかわらず、二階に全部で四部屋あるのだ、しかもそれなりの広さのものが。

「部屋が多すぎでしょ」

「いや、四部屋は絶対必要だろう。これが主寝室で」

「他の三つは？」

「子供部屋」

「子だくさん！」

豪邸ではあるが、諒がファミリーを強く意識しているのがよく伝わってくる。広い玄関には、土間から続く大収納がある。水場は行き来しやすいようになっていて、浴室と脱衣所、洗濯場も広い。

リビングは吹き抜けの真下にあり、一階でくつろいでいても二階にいても声が通りやすく、孤立しないように配慮されていた。

「ちひろは？　どうしたい？」

「え？　なんで私？」

「俺が住むんだからお前も住むんだろう」

「あ、ああ……そうか」

結婚したんだから、普通はそうなるのか。そう思ってもう一度図面を見ると、なんだかさっきまでとは違って気恥ずかしくなってきた。

けど、まあ、私は一時的な妻なのだし、つまり仮想で考えろってことだ。それなら、と私も自分の理想の家庭像をこの中に反映してみる。

「やっぱり多いって。子供部屋三つは」

仮想なら、子供はふたりくらいがいい。

「子供は大きくなったら個室を欲しがるだろう」

「そりゃそうだけど、小さいときはまとめて一部屋でしょ。私も小学校の間はお兄ちゃんと一緒だったし」

「じゃあ、ここふたつを一部屋にして、間仕切りで先々に二部屋」

「いい案だけど、結局坪数減らないね。キッチンは広いのがいいなぁ。夫婦でとか子供と一緒にとか、何人かで料理しやすいのがいい」

なんて会話をしながら私の希望まで盛り込むと、更に規模は拡大しそうだ。この遊びは、図らずもお互いの結婚観や家庭の理想を言い合うことになった。

諒は、いつか本当の結婚をするなら子だくさんの家庭を作りたいようだ。

カチッ。

急にマウスのクリック音が大きく聞こえて、はっと我に返った。

密着しているわけではないけれど、背中にほんわり体温が伝わるくらい、諒との距離が近い。気がつけば、諒の右手はマウス、左手は私の左側から伸びて机に置かれており、まるで囲われているような状態になっていた。

諒の手にあったコーヒーカップは、いつのまにかデスクの隅に置かれている。

「こっちの部屋も仕切れるようにしたら、小さいけど子供部屋が四つになるな」

「ちょっと、まだ子供部屋の話、してるの？　どんだけ……」

どんだけ子供作る気だ！

それを今この状況で発言したら、まずい気がする。なんかよくわからないけど、ものすごく、微妙な空気になる予感がした。

そう思ってどうにか呑み込んだのに。

「子供は多いほうが楽しいだろう」

諒の息遣いが耳のすぐそばで聞こえた。その声もとても艶っぽいものに感じる。居心地の悪さに、私は無理やり笑い飛ばそうと口を開いた。

「諒がそんなに子供が好きとは思わなかった……」

笑いながら振り向いて、さりげなく諒の身体を押して離そうとした。なのに、すぐ間近に諒の顔があって、ぱちりと目が合った途端、固まってしまう。笑うどころじゃなかった。

「誰だって自分の子供は可愛いものだと思うけど」

色香溢れる、熱っぽい目で見つめられた。

将来、誰かと結婚するときの話をしているのだ、諒は。今私に向けている目は、私ではなく未来の本当の妻に向けられているもの。

そうわかっているのに、なんだか身体の奥がじんと熱くなった。

思わずコーヒーカップを手に持ったまま、椅子の上で縮こまる。次の瞬間、首筋に何かが触れた感触があって、びくっと肩が跳ねた。

諒の手が、肩にかかっていた私の髪をすくって後ろに流し、そのままうなじに触れる。

そこが私の、キャパシティの限界だった。

「あ、私、片付けの続きしてくる！」

諒の身体を片手で押しのけ、無理やり椅子から立ち上がった。カップの中のコーヒーが揺れて、危うくパソコンの上に零れるところだったけれど、許してほしい。不必要なほど近づく諒が悪い。

「そんなに急がなくてもいいだろう」

「そうだけど、明日は仕事だし、やっぱり一気にやっとく」

諒の顔を見ることができないまま、とにかく居心地の悪いこの寝室から逃げ出したくて、出口を目指す。諒もそれ以上、引き留めることはしなかった。

「パソコンが使いたければ、気にしないでいつでも入ったらいい」

寝室を出る手前でそう声をかけられ、ちょっとだけ振り向く。だが……たとえ入室許可をもらってもさすがに寝室には入りづらい。なんでリビングに置かないんだろう。仕事で使うときに気が散るからだろうか。

「ありがと。じゃ、お邪魔しました」

そそくさと寝室を出てまっすぐゲストルームに逃げ込むと、コーヒーカップをローテーブルに置き、ぼすっとベッドにダイブする。枕に顔を伏せたまま両手を首の後ろで組んだら、驚くほど首筋や耳が熱くなっているのがわかった。

どうしよう。

同居初日から、何やら夫が不安です。

色気だだ洩れです。

この先、新婚生活に不安しかありません。

『友達』にこんなに動揺して、やっていけるんだろうか。

しばらくそのまま落ち着かなくて、結局片付けに着手したのは夜になってからだった。

＊＊＊

諒のことはよく知っているつもりでいたけれど、一緒に住むとやはり新たな発見が色々と出てくるものである。

たとえば、コーヒーとお酒が好きなのはよく知っているけれど、休みの日はコーヒーメーカーが大活躍するほどホットコーヒーばっかり飲んでることだとか、末端冷え症らしいことだとか。しかし、それならモコモコスリッパでも履けばいいのに、私の足にくっつけて暖を取るのはやめてほしい。

「じゃあ、行ってくる」

「ああ。帰りは何時になる？」

玄関で慌てて靴を履いているのは私、お見送りしてくれているのは諒だ。

諒の会社は決まった時間帯さえ会社にいれば、後は自宅で仕事をすることも可能らしい。

そのため、平日は諒のほうが家にいる時間が長い。だから平日の夕食はほとんど諒が準備してくれていた。さすがに甘えっぱなしは悪いので、せめて交代にしようと言ったのだが、彼はそういう取り決めは面倒に思うようだ。

そのときできる人間がやればいい、と随分フラットな考え方をしてくれる。

「今日、もしかしたら夜に菜月と会うかも」

帰宅時間を問われて、そう答えた。藤原菜月は、私と諒の共通の友人だ。昨夜久々に電話で話して、今日会うことになったのだが——

「……俺は誘われてない」

「だって女子会だから」

ついてきたがるかもな、と思っていたけど案の定、不満げに言われた。しかし今回の女子会の話題は、もっぱら私と諒の『友達結婚』なのだ。諒がついてきたら、思うように話もできない。

諒はちょっと面白くなさそうに肩を竦めたけれど、すぐに諦めた。

「帰り、電話しろよ」

「え、いいよ。迎えとかいらない」

「ダメだ」

……いやいや。ちょっと過保護すぎないだろうか？

これまでも一緒に飲んだときは絶対最後まで付き合ってくれたし、必ず家まで送ってくれていたけれど。

「大丈夫だってば。じゃあ、いってきます」

納得しない諒を振り切って、家を出た。

私たちが通った大学は、今住んでいる地域と同じ県内にある。

美大のデザイン学科は、授業料はもちろん、画材などにかなりのお金がかかる。そのため、ほとんどの子がバイトをかけもちして、画材や生活費の足しにしていた。

私たち三人も例にもれず貧乏学生で、同じカフェでバイトをしているうちに親しくなったのだ。

「ちょっ、ちょっと待ってよ！　あまりにも急展開すぎない？」

仕事後、菜月と待ち合わせたのは駅近くの創作居酒屋だった。諒と結婚することになった経緯を説明すると、案の定、驚かれる。菜月は驚きのあまり、危うく飲んでいたジントニックを噴き出しかけて慌てて口元を拭って(ぬぐ)いた。

「私も冷静に考えると未だにびっくりする。一緒に住んで一週間過ぎたけど」

テーブルの上には、チキンの香草焼きに肉豆腐、枝豆に串焼きが並ぶ。私の手には、カシスチューハイのグラスがあり、指先に心地よい冷たさが伝わってくる。

「もう婚姻届も出したってこと？」

「そう。それもなんか、諒がこだわっちゃって……」

チキンの香草焼きを小皿に取りながら、くすりと笑った。

「忘れにくい日のほうがいいからって言い出した挙句、うんうん悩み始めちゃって、なかなか決まらないのよ。期間限定なんだから、別にこだわらなくてもいいと思うんだけど」

「あー……諒は忘れないだろうけど、あんた忘れそうだもんね」

「え、私だって普通に恋愛したうえでの結婚なら忘れないよ」

結婚記念日なんて、期間限定の私たちには何の意味もない。まあ、長くなったら数年はその日を迎えることになるだろうけど、記念日デートなんてしないだろうし。

しかし諒は、この特殊な関係を楽しんでいるっぽい。人と少し違うことにわくわくするのかもしれないが、どうも結婚してから彼は浮かれて見える。

「なんとかの日、とかってあるじゃない。たとえば、いい夫婦の日とか。そういう覚えやすいのがいいんだって」

というか、結婚式はするんだから、その日が結婚記念日でいいんじゃないかと私なんかは思う。真剣に設定すると、婚姻届を出した日と式を挙げた日、両方が記念日のような扱いになってしまう。

しかし、スマホでカレンダーを見ながら真剣に悩む諒の横顔を目の前にすると、あまり素っ気ないことも言えず、スルーすることもできず、という感じだ。

「で、いつになったの？」

「結局ゾロ目で十一日に出した」

私の言葉に、菜月はげらげらとお腹を抱えて笑った。

「あー、おかしい。……まあ、いいんじゃないかな？　ふたりはいずれそうなるような気がしてたよ、私」

菜月がそう言って牛肉の串焼きに手を伸ばし、ぱくっと先端の肉にかぶりつく。私は驚いて聞き返した。

「そうなるって？　さっきも言ったけど期間限定だからね？」

「まあね。ちひろはそうだろうけど」

「いや、諒ともそれで話はついてるんだって」

ちっともわかってくれない菜月に、きっぱりそう言った。だが、菜月は苦笑いをして目を逸らす。

「……それで納得するわけないって」

「え？」

「期間限定っていつまでよ？」

「あ、一応、どっちかに本当に好きな人ができるまで」

「……あってないような期限だね」

そう言われて、言葉に詰まった。確かに、はっきりとした期限ではない。すぐに終わりが来る可能性もあるということだ。逆に、相手が現れなければずっと続く可能性も。

「……明確に決めたほうがいいのかな？」

「さあ。ふたりで考えてみたら」

……期限。なんだか、急に理由のわからない心許（こころもと）なさを感じて、しくりとお腹が痛んだ。

この不安は、どっち？　短いほうを不安に思うのか、長くかかる可能性のほうになのか。両方の未来を想定してみたが、判別がつかなかった。そのどちらでも不安が軽くならないのは、どうしてだろう。

……なんだかこれについては深く考えないほうがいい気がする。軽くお腹を摩（さす）って、別の話題を探す。そうしなければ、このもやもやから逃れられない気がした。

「あ。そうだ、私が婚活アプリで男の人と会ったこと、諒に話したでしょ」

今日会ったら聞いてみようと思っていたことを思い出し、追及する。菜月は「あ」と声を上げて、それから申し訳なさそうに眉尻を下げた。

「ごめん、しゃべった」

「え、あ、うん、別にいいんだけど」

素直に謝られて拍子抜けしてしまった。

菜月から聞いた諒は、あの日心配して私に連絡してきてくれたのだろう。ちょうど別れた日だったのは見事な偶然だけれど。

そのおかげで私は助かったのだから、まあ良しとしよう。

「ごめんね、勝手にしゃべるのもどうかと思ったんだけど、やっぱり婚活アプリって大丈夫なのかなってどうしても心配になっちゃって」

「うん、確かに焦ってたとこあるかも……そんなに悪い人じゃなさそうだったけど、結局、逃げられちゃったしね」

そう言うと、菜月はちょっと複雑な顔をした。

「逃げられた？　連絡がつかなくなったってこと？」

「菜月？」

「……ねえ、そのことで諒、何か言ってた？」

「相手のこと？　そんな中途半端な男を紹介しなくて良かったと思え、って」

その後、自信満々に友達結婚を申し込んできたのだから、諒はつくづく自分に自信があるのだろう。

菜月は、諒の言葉を聞いて口元を苦笑いのようにゆがめた。なんだか頬が引きつっているような……？

「そっか……まあ、諒が、なんとかするかもって思って私も話したんだけど……でもごめん」

申し訳なさそうに、菜月が呟いた。

しかし、菜月が諒に伝えたことによってあの日連絡をくれたのだから、両親の勧める縁談から逃れられたのは菜月のおかげみたいなものだ。

「菜月は悪くないでしょ。むしろありがとう」

「……うん」

「しかし、私ってほんとに男の人を見る目、ないんだなー。うまくいっていると思っても、みんないつも突然、別れようって。自分にもう自信ないや」

テーブルに頬杖をついて、ため息を吐いた。いや、見る目がないというより、私に魅力がないのだろう。もしかしたら自分では気づかない致命的な欠陥があるのかもしれない。だから三人がみんな、こんな別れ方なのじゃないだろうか。

「……重いのかなー。結婚、意識しすぎなのが」

「いや、それはちひろの実家の影響もあるからでしょ」

「ううん、実家のことがなくても――いや、実家のことがあるからかなぁ」

自分が育った家庭とは違う、ごく普通の穏やかな家庭への憧れがある。いつか、好きな人とそんな家庭を作って、子供には自由に生きなさいと言える母親になりたい。

そう、好きな人と。ここが重要だったはずなのに、結婚を急かされ続けて、いつのまにか優先順位があやふやになっていたのかもしれない。

だとすると、自業自得だ。相手に対しても、きっと失礼だった。

それもこれも、諒と結婚して実家の呪縛から逃れられたから、気づけたことだけれど。

はあ、と暗くなっていると、向かいで菜月がグラスを呷(あお)り、重い空気を入れ替えるように明るい声を出した。

「ね、それより新婚生活はどうなの？　快適？　諒ってマメ？　いや絶対マメだね、それはわかってるけど」

「えっ」

ぴょんと飛んだ話題に、ぎくりと頬が引きつった。

「え、なによ。なんで狼狽えんの」

「あ、いや。快適だよ、うん」

目を逸らしながらグラスに口をつける。菜月はそんな私の顔を面白そうに覗き込んだ。

「ほんとに？」

「うん。料理上手だし」

そう。料理は上手だし家事も分担してくれるし、すごく助かる。快適だ。一人暮らしをしていたときより、ずっと楽。

ただ、ある一点を除いて。

思い出して、頬が熱くなるのを誤魔化そうと、カシスチューハイをごくごくとグラス半分ほどまで空けた。

一緒に暮らし始めて、今まで知らなかった一面がちらちらと見えてくる。その中にひとつ、困ったことがあった。

引っ越しの荷解きも終わり、足りない日用品も買い足して、ふたりの生活が順調に滑り出した。そこで先週末に、お祝いにふたりで飲もうという話になったのだ。諒も私も、お酒が好きだ。これまでは仕事帰りにバーや居酒屋で待ち合わせて飲んでいたが、これからは宅飲みでいいだろう、ということになった。しかしそれが、思いもよらない事態を生んだ。

諒が酔ったところなど見たことがなかったのに、その日は諒のほうが先に酔いが回り始めたようだった。もしかしたら、色々疲れもたまっていたのかもしれない。結婚準備であちこち奔走していたし、無理もない。

酔うだけならまあ、いいのだが、彼は甘い言葉をやたらと囁き出し、おまけにべたべたとくっついてきたのだ。最初は、酔ったフリでまた私をからかってるのだと思い、怒ったり押しのけたり無視したりしていたのだけれど。

『酔ったのなら早めに寝たら？』と私が提案した途端、『ありがとう』『お前は優しい』『天使か』とわけのわからないことを言いながら熱っぽい目で見つめてきて、危うくぶっちゅー、とキスされるところだった。

どうにか未遂で済んだのは、寸前で顔を背けて避けたからだ。危なかった、私も酔っぱらってたら多分避けられなかった。

しかし避けたはいいが、キスが耳の近くに当たってそのまま吸い付かれた。思わず悲鳴を上げて突き飛ばし、自分の部屋に逃げ帰ってしまった。少ししてから様子を見に行くと、リビングは綺麗に片付けられていて、諒の姿はなかった。どうやら寝室に戻ったようだ。

しかし、ちょっと酔っただけであれでは、この先が思いやられる。

「ちょっと、何、赤くなってんの？」

「えっ、別に。今一気に飲んだからかな？　あ、諒、すごい料理上手だから今度菜月も食べにおいでよ」

赤い顔を指摘されて、慌てて誤魔化した。とにかく宅飲みにさえ気をつけていれば、生活は快適だ。諒が料理が上手なのも本当で、卵料理とパスタが実に美味しい。

「そうなの？　じゃあ落ち着いた頃に行かせてもらおっかな……って式にはもちろん呼んでくれるのよね」

「あ、もちろん！　絶対来て！」

「ドレスどうすんの？」

「それはまだ。もう試着の予約は入れてあるらしくて」

菜月と飲むのは数か月ぶりだったので話が弾む。時間が経つのも忘れてしゃべり倒し、気がつけば三時間以上が経過していた。

「じゃあ、せっかくスタートした結婚生活なんだし、諒にばっかり尽くさせてないで、ちひろもちゃんと歩み寄りなよ」

　会計を済ませて店を出た直後、なんだか心外なことを言われ、ちょっと口を尖らせた。

「なんでそうなるの？　私だって掃除とかしてるし」

「そういうことじゃないんだけどね……あ」

　菜月が、スマホを見て焦った表情を浮かべる。

「やば。彼氏から連絡入ってるわ。ごめん、もう行く」

「あ、うん！　またね」

　多分、迎えに来た彼氏がどこかで待っているのだろう。小走りで去っていく姿を見送りながら、ふと、私もやばいのでは、と思った。

『帰り、電話しろよ』

　迎えはいらない、とは言ってあるけれども、納得してなさそうだった。ずっとバッグにしまいっぱなしになっていたスマホを取り出す。

　見ると、かれこれ一時間ほど前からだろうか、通話着信の履歴がいくつかあるのと、メッセージが並んでいた。

『仕事終わった』

『まだ飲んでるのか？』

『迎えに行くから連絡寄越せ』

『小先(こさき)駅か？』

「こわっ！」

当たってるよ！

ここは小先駅のすぐそばだ。え、なんでわかるの。確かに、私と菜月が待ち合わせるときは、大抵ここだけれど。

スマホ画面を見ながら頬を引きつらせていると、メッセージが既読になったのに気がついたのだろう。通話の着信画面になる。私は半ば呆れながら、それに出たのだった。

小先駅のバスロータリー前で待っていると、改札のほうからスーツ姿の諒がこちらへまっすぐ歩いてくるのが見えた。

近づくまで、じっと見入ってしまう。こうして離れて見ると、彼がどれだけ周囲の目を集めているのかよくわかる。

すれ違う人が振り返る。女性二人組が、こそこそと何かを話しながらちらちら視線を投げてきた。

わかる気がする。だって、この数十メートルの距離をただ歩いてくるだけなのに、撮影か何かだろうかと思うくらいに絵になっている。

そんな男が、私に向かって微笑みながら片手を上げる。彼に集中していた周囲の目が、一斉にこちらを向いた。

ひえ。すみません、待ち合わせ相手が冴えない一般人で。

まあ、いつものことだからこれにはもう慣れているけれど。

彼が近づくのを待って、私は腰に手を当て、軽く睨んで口を開いた。

「あのねえ、諒。迎えはいらないって言ったのに」

「ダメだと言っただろう。しかもこんな遅い時間にひとりで歩かせられるか」

なんと、さっきの電話の段階で、諒は既にこの駅付近で待機していたのだ。私と菜月がよく飲む場所といえばここだろう、と当たりをつけて近くのバーで飲んで待っていたらしい。

……いいって言ったのに。

でも、迎えに来てくれたのは確かにありがたいし、私が連絡をしなかったから随分待たせてしまった。ここは素直に、謝るべきだろう。

「ごめん。ありがとう」

「ちゃんと次は連絡寄越せよ」

「はあい」

バーで飲んだそうだが、外飲みだからか今日の諒はさほど酔っていないようだ。そのことに、少しほっとした。

そのとき、びゅうっと冷たい風が吹く。

ちら、と目の前を薄桃色の花弁が通過していった。

「桜の花びら？」

「もう時期はとっくに過ぎてるだろう」

諒の言うとおり、もう四月も下旬に差しかかる。だけど足元を見れば、確かに風で落ちた花びらがそこかしこにあった。

「あ。そこの公園、八重桜の名所だ」

八重桜は、ソメイヨシノとは違い、遅咲きの種類になる。ちょうど四月中旬から五月くらいが見頃だ。この近くにその八重桜を中心に植えた公園があったのを思い出した。

「へえ」

「毎年屋台も出てるよ」

そういえば、桜の種類にかかわらずお花見なんてもう何年もしていない。三月四月なんて仕事も忙しい時期だし、気がつけば見頃が過ぎてしまっているのだ。こんなタイミングで、花びらが飛んできて気づかされるなんてこと、今までなかった。

もう夜遅いけど、ちょっとだけ寄ってみたい。

うず、と身体が疼いたのを、諒は読み取ったらしい。くすりと小さく笑われた。

「酔い醒ましに散歩でもするか？」

「行く！」

やった、とつい勢い込んで返事をしてしまった。

諒がそんな私を見て、ふんわりと優しく笑う。

もう何度目だろうか、この笑顔に戸惑わされるのは。

思わず目を逸らしてしまった私の手を、彼は当たり前のようにさらって歩き始める。

目的の公園は、すぐそばだ。

近づくと、人のざわめきが聞こえ、ライトアップされた木々が道の向こうに見えてきた。

平日だが、たくさんの人がいた。それでも、土日よりはきっとマシなのだろうけど。

「すっごい、人ね」

公園の遊歩道に沿って歩く。最初は既に葉桜になったソメイヨシノが続いたが、途中からは満開の八重桜（やえざくら）がずらりと並ぶ。木の下には、レジャーシートを敷いてお酒を楽しむ団体が多くいた。

ただ、遊歩道は桜を楽しむ人が行き来するためにちゃんと通れるようになっており、人は多くとも歩くのに困ることはなかった。

「あ。屋台あるよ」

八重桜（やえざくら）が途切れたところにいくつかの屋台が並んでいる。

その方向へ一歩進みかけたとき、ほろ酔いのせいかふらりと足元が覚束なくなった。

膝をつく前に諒に抱き寄せられ、どうにか転ばずに済んだのだけど——なぜか視線が、上げられなくなった。

「ご、ごめん」

「まだ飲むのか？」

くす、と苦笑いが頭上から聞こえる。そう、屋台の中にはビールの絵が書かれたのぼり旗があった。確かにそれに誘われたのだが。

「……やめとく」

「ちゃんと連れて帰ってやるから、遠慮せずに飲め。買ってきてやろうか？」

「いいってば」

この頃、こうして密着することが多い。以前はこんな距離感じゃなかった。

諒は全く平然としてるから、私だけが気にするのは癪なのだが、平静を装い続けるのも疲れてきた。いつもと違う反応をしてしまっていないだろうかと、気になって仕方ない。自分が今までどうやって諒と接していたのかわからなくなってきている。

「あ、歩こう？　奥に一番大きな桜があるんだって」

花のトンネルの中を再び歩き出す。屋台の並ぶ一角を抜けると、大きな広場に出た。

桜に囲まれた遊歩道は終わって、ここには一際大きな八重桜が一本あるだけ。ふたりがかりでも囲いきれないほどの太い幹だ。この木の周りだけは、立ち入り禁止のように柵で囲われていて、だからか花見客も少なかった。柵に取り付けられたライトで、四方八方からライトアップされている。

　夜桜デートを楽しむ男女が、思い思いにその桜を見上げていた。

「わー……綺麗」

「ああ、本当だな」

　ほう、とため息をつく。上を見上げたまま、諒が私の手を引いてくれるのに頼って歩いた。柵の間近まで来ると、まるで八重桜（やえざくら）の花で作られた天井みたいだった。

　くるりと方向転換し、柵にもたれかかるようにすれば、花の天井と夜空の境目が目に入る。

　真っ黒な空に、ライトで照らされた鮮やかな桃色の花がひしめき合い、ざわざわと風に揺れていた。闇の中にぽっかりと花の群衆が浮かんで見えて、距離感がおかしくなる。

　遥か頭上にあるはずなのに、届きそうな気がしてつい手を伸ばしてしまった。

「ちひろ、かなり飲んでるだろう」

　諒がそう言った。

「え？」

　桜から隣の諒に視線を移せば、ぱちっと目が合う。彼は桜ではなく、私をじっと見つめていた。

え、なんで、こっちを見るの。桜を見ようよ、桜を。

狼狽えながらも、どこか色香を漂わせた諒の視線から、逃げられない。

彼の手がゆっくりと上がり、曲げた人差し指の背で私の頬に触れる――その瞬間をまるで待ち望んでいるかのように、身動きひとつできなかった。

「肌が薄桃色になってる。酒を飲むと赤くなるよな」

「そう、かな」

ぼうっとしたまま返事をした。酔っているのは、酒になのか夜桜の雰囲気になのか、わからない。

「いつも、首筋まで赤くなる」

……いつも？

いつもそんなとこを見られてるのか。

諒の視線がすっと下がって、同時に頬に触れていた指も肌を伝う。顎のラインを辿り、首筋に触れられた。ぞく、とそこからくすぐったいような甘い感覚が走る。

「……んっ」

思わず漏れた声は甘かった。慌てて片手で口元を隠し俯く。

私、なんて声出してんの。

羞恥心がますます私の顔を熱くする。くすぐったいからやめてよって普通に怒るべきなのに、こんなときに限って声が出てくれない。この変な空気を振り払いたいのに。

そのとき、口元に当てた手の甲にふっと吐息のような風を感じ、伏せていた視線を上げる。すると諒の双眸がすぐ目の前にあった。

「りょ、諒？」

「また赤くなった」

彼の口元は視界の外にあるので見えない。けれど、目が細められて諒が微笑んだのがわかる。そのまま口元を覆う私の手の甲に、彼の唇がふれた。

まるで、キスするような仕草で。

「ま、待ってよ、急に何？　人が……」

いや、待て。人が見ていなかったらいいというのか。自分でも、言ってることが意味不明だ。だけど、諒はもっと意味不明だった。

「誰も見てない。自分の相手のことしか」

相手。相手って何。この場合、私？

どういう意味の相手？

「ちょっとっ！　また酔ってる？」

今夜は普通だと思ったのにやっぱり酔ってるの？

それともまたからかって遊ぶ気なのか、一体どっちだ！

「ああ、そうかもな。酔ってる」

諒の目は、確かに酔ったように熱を孕んでいた。

だけど、からかっている風ではなくて、思わず息を呑む。

彼が話すたびに手の甲に触れた唇にくすぐられ、甘い刺激が流れこんできた。

柵にふたりでもたれたまま、ぴったりと寄り添うように腰を抱かれ、『ひゃっ！』と心の中で悲鳴を上げてしまう。

ど、どうしよう、どうすれば。

眩暈がしてきてまともに思考が働かない。

はあ、と諒の熱い吐息が手の甲にかかる。その熱が伝染したみたいに私の顔も熱くなり、耳まで火照った。身体も熱くなって、じっとりと背中に汗が滲む。そんな私の変化を、彼はどう思ったのか。

からかって笑う——いつもの諒ならきっとそうするはずなのに、彼は優しく目を細めた。

「……隠すな。ちゃんと見せろ」

そう言いながら、私の手首を掴む。何を、と戸惑う余裕もない。

「え……」

ゆっくりと力が加えられて、口を押さえていた手を下へと引っ張られる。抗っても敵わず、徐々に手が引きはがされていく。

「ちょっ、まっ……」

このままでは、唇が無防備になる。焦ったのは、キスの予感を感じ取ったからだ。

酔ってるの？　酔ってないの？　でもこのままじゃ……

そんなことを考えているうちに、彼の唇が近づいてくる。

はあ、と唇に触れた彼の吐息からは、お酒の香りなんて少しもしない。

ただしっとりと熱と湿度を保っていた。最後は私の指先を押しのけてその唇を私のそれに触れさせる。

「んっ……」

唇が重なった途端、そこからぴりっと電流のようなものが頭まで流れた気がした。春の夜風で少し乾いた唇を、彼が何度も啄むように触れ合わせる。

柔らかな皮膚が濡れて擦れれば、余計に唇の感度は増した。身体の力が抜けそうになる。反対に、私の腰を抱く諒の腕は力強くなった。

「……ちひろ」

唇を触れ合わせたまま、切なげに私の名前を呼ぶ。ぞくぞく、と背筋が震えて身体が強張る。

怖い、と思った。

何が怖いのかは、頭が混乱していてわからない。ただ、離れなければと思うのに脚に力が入らない。

「諒、やめ、んんっ……」

口を開いたそのとき、角度を変えて再び唇が深く合わせられ、舌が私の唇を割った。わずかに開いていた歯の間を簡単に押し広げられ、舌先が触れ合う。どれだけ躱そうとしても口の中で絡まり、吸い上げられ。

ただのキスじゃない、情交を思わせる濃厚なキスに驚いて、反射的に歯を立ててしまう。

「……っつ」

「いっ……っ！」

ついでに自分の舌も一緒に噛んでしまった。あまりの痛みに口を押さえ、涙目になる。諒も痛そうに手で口を覆っていた。

「こんなとこで何考えてんの、馬鹿っ！」

うっかり声を張り上げてしまった。慌てて周囲を見渡すと、ちらちらとこちらを見ている目が確かにある。恥ずかしさに、かああと頭が熱くなった。きっと茹蛸みたいに真っ赤に違いない。

——なんでこんなことするの？　友達のままの結婚だって言ったのに。こんなキスされたらどうしたらいいかわからなくなる。

涙目で、唇を噛んで諒を睨んだ。

しかし諒のほうは、全く悪びれる様子もない。

「悪い。酔ってた」

「は!?」

とんでもない言い訳をされ、一瞬、ぽかんと固まった。

「え、嘘だよね、酔ってないよね！」

「いや、酔ってた」

「ほんとに!?」

「噛まれてびっくりして酔いが醒めた」

びっくりしたのはこっちのほうだと言いたい！

わなわなわな、と拳を握りしめたが、当の本人は相変わらずのほほんとしたもので、怒っても全く応えた様子もない。

結局、私の怒りは、周囲の視線を無駄に集めてしまっただけとなったのだった。

散々好奇の眼差しを集めた挙句、諒には全く反省の色なし。さすがに腹が立った私は、早足でその場を後にした。

「おい、ひとりで行くな」

諒はそう言いながら私の後を追いかけてくる。途中、屋台のたこ焼きにお好み焼き、イカ焼き、リンゴ飴を勧めてきてご機嫌取りに余念がない。

なんだかんだで乗せられてしまう私も私だ。

粉ものの良い匂いを漂わせながら電車に乗るのも気が引けて、タクシーで帰宅した。

今、テーブルの上にはその成果がずらりと並んでいる。

私は、目の前でたこ焼きをつつく諒に向かって言った。

「家族会議を開きます！」

議題はもちろん、諒の酔い癖についてだ。酔う度にあれじゃあ、たまったものではない。そもそも、これまで一緒に飲んでいてこんなことは一度もなかったのに、結婚した途端になんておかしい。

どういうつもりなのか、話し合わなければと切り出したのだが――

「そうだな、俺が悪かった」

「え？」

話し合う前に、諒のほうから神妙な顔で謝られてしまった。

あんまりあっさりだったので、一瞬、こっちが言葉を失う。

「え、ほんとにわかってる？」

「ああ、わかってる」

……本当に？

全く覚えてないというわけではなさそうだし、酔ったらキスしたくなる質で自制が効かない、ということなのだろうか。それなら、記憶がないよりは改善の余地があるかもしれない。

だがしかし。

目の前でたこ焼きをぺろりと平らげた諒が、ゴミを片付けにキッチンへと向かう。戻ってきた手には缶ビールがふたつあって、ぎょっとした。

「ちょっと諒、ほんとにわかって……」

「ちひろも飲むだろ」

ほら、と問答無用で差し出され、咄嗟に受け取ってしまう。そのまま諒は、私のすぐ隣に腰を下ろした。

「わかってる。結婚することになったのに、準備や仕事に追われてどこにも連れていってやっていなかったな」

「は？」

「花見はいい機会だった。これからはできるだけ時間を作る」

真面目な顔で何を言うのかと思ったら、てんで見当違いの話で、あんぐりと開いた口が塞がらなかった。

「違う！　違うよ、諒！

花見に行くかって諒が言ったとき、つい嬉しい顔をしちゃったから？　いやだって嬉しかったし、それはそれでいいんだけど、今はその話じゃなくて！

愕然と諒の横顔を見ていると、彼はぷしゅっとプルトップを開けて実に美味しそうに缶ビールに口をつけた。

「いやいや、諒、花見のことはちょっと横に置いといて」

「花見がしたかったんだろう？」

「それはそうだけど、そうじゃなくて！」

「新婚旅行先もまだ決めてないが、ゴールデンウィークはちゃんと休めるようにしてある。ちひろも空けておいてくれ」

ぜんっぜん、こちらの話をまともに取り合う気がなさそうだ。

これ、もしかしてわざととぼけられてるの？

むっとして眉をひそめ、諒を睨む。それに気づいた諒が目を細めてにやりと笑った。

「そういう挑発的な目を向けるな」

「えっ」

「余計にしたくなる」

コン、と諒が缶ビールをローテーブルに置いた。その直後、肩を押されて身体が傾き、ソファの肘置きに頭が置かれる。

「もう、諒っ！」

やっぱりだ！

わざととぼけてからかってるんだ！

「ちひろ」

抗おうとした。だけどそれより先に強い声で名前を呼ばれて、びくっと肩が跳ねる。

耳に残る、低い声だった。

その声と、私を見下ろす強い視線に、まるで縛られたように身動きが取れなくなる。

「……もう噛むなよ」

「諒、ちゃんと話を」

「お前こそ、俺が言ったこと、覚えてるか」

薄く笑って、片手で頬を包まれる。親指が、私の下唇をするりと撫でたかと思うと――

「お前さえその気なら、『そういうこと』もありで構わない。そう言ったよな」

聞き覚えのあるセリフの意味を考えている間に諒の顔が近づいてきて、視界いっぱいになる。次の瞬間、深く唇が重なった。

みは和らいでいくけれど、一度舌の痛みを思い出したからか、ふたたび噛んで抵抗することもできない。

諒がそれほど酔っていないことを、確信してるのに。

諒の身体を押し返そうとしても、手に力が入らない。

「んっ……は……」

息苦しさに顔を背けるけれど、すぐに手で戻されてしまう。

「ちひろ、逃げるな」

「や、んんっ」

再び塞がれ舌を絡め取られて、意識が朦朧（もうろう）としてくる。

このまま流されちゃダメだ。

そう思うのに、強引なくせに酷く優しいキスに絆（ほだ）されそうになる。

こんなキス、今まで誰にもされたことなかった。

拒むことは許さないくせに、震える唇を舐めて宥め、甘やかす。薄く目を開くと、諒も私を見ていた。その目は熱く、潤（うる）んでいる。

「んんっ」

舌先が触れ合う。さっき作った傷のところに痛みが走る。

それは諒も同じのはずなのに、唇は離れなかった。温かい唾液が絡まって、じきに痛……まるで、夢中で求められてるみたい。

そう思った途端、きゅぅん、と下腹部が鳴いた。

「んんんっ」

これ以上は、ダメだ。この先の願望に、火がつきそうになる。

危機感を覚えた瞬間、手で諒の目を塞ぎ、渾身の力でその顔を押し返した。

「諒っ！　いいかげんにして！」

どうにか引きはがすことに成功し、はあっと大きく息を吸い込む。諒の身体を押しのけながら、倒されていた身体を急いで起き上がらせた。

ぜえ、はあ、と肩で息をする私。一方、諒は黙りこくっている。

こんなキスをされた直後で、とてもじゃないけど諒の顔を直視できない。だから彼がどんな表情をしているのかはわからなかった。

ぎゅっと引き留めるように手首を掴まれ、慌てて振り払う。

「ばかっ！　こんなキスくらいで、その気になったりしないからね！」

精一杯虚勢を張ってそう言うと、へなへなになりながら自分の部屋に逃げ帰った。

ばたん、と扉を閉めた後、ほう、と息を吐いて床にへたり込む。どくどくどく、と心臓が脈打っていた。身体も、びっくりするほど熱い。床に置いた手が、小さく震えている。

そろそろと顔を上げ、姿見に映った自分に、ぎくりとした。

顔どころか、耳も首筋も真っ赤に染まっていた。目も潤んで、まるで誘っているような表情だ。

「……やだ、嘘」

諒のキスで？

それとも、赤いのはその前から？

八重桜の下で、肌を見つめられながら首筋に触れられたのを思い出した。

なんであんなことしたんだろう。

私が誘ってるように見えたから？

両手で頬を隠した。じわ、と涙が滲んでくる。

諒が、こんなことをしたのが哀しかった。期間限定の結婚なのに、こういうことをしていい相手なのだと諒に思われている。

確かに『そういうこと』もありで構わないと諒は言ってたけれど――

「冗談だって、その後言ってたくせに……」

諒に本当に好きな相手ができたら、この関係は終わる。身体の関係を結んでも、そのときには、さらりと元の友人に戻れる、そういう人間だと思われている。

哀しいのに、諒から受けたキスの余韻が、身体だけでなく心まで揺さぶってくる。

熱を持った瞳が、目の前をちらついて消えない。

丁寧で優しい、強く求めるようなキスは、いつまでも私の中で燻（くすぶ）って、消えてくれなかった。


翌朝、私は目の下にしっかりクマを飼っていた。

夕べの出来事が原因で、今日も仕事だというのにほとんど眠れなかったのだ。

部屋から出たくなくてお風呂も入らずに寝てしまったので、いつもより早い時間にベッドから這（は）い出し、まずシャワーを浴びる。

リビングで既に物音が聞こえていたので、無防備な格好で出ていくのもためらわれ、そのまま洗面所で出勤の身支度を整えた。

「……はあ」

扉の向こうから、いい匂いがしてくる。いつもは先に起きたほうが作ることが多いけれど、今朝は彼が朝ご飯を作ってくれたらしい。

……夕べの詫びのつもり？

どんな顔で会えばいいのかわからない。が、ずっとこのままでいるわけにもいかないのだ。大きく深呼吸をすると、思い切って扉を開けた。

「お、おはよ」

ほわ、と出汁のいい匂いが濃くなる。テーブルにお椀を並べていた諒が、こちらを向いた。ルームウェアでまだ髪は無造作なまま。ラフなその姿も見慣れてきたはずなのに、心臓の鼓動が小さく跳ねた。

「おはよう。身体は平気か?」

「え? 身体?」

「二日酔いは? 一応、消化にいいよう雑炊にしといたが」

ゆうべのお酒が残ってないかを心配してくれているらしい。何事もなかったかのように話しかけてくる諒を見て、信じられない気持ちにもなるし、どこかでほっとしている自分もいる。

このまま元の友達に戻れたら、それが一番心穏やかにいられる方法だ。

「ありがと。うん、雑炊助かる」

ダイニングテーブルに近づくと、雑炊がふたり分と水のグラスがふたつ、向かい合う席に並んでいた。いつもの場所に座る。

野菜がたくさん入っていて、ほわほわの溶き卵が表面を覆っている。きざみ海苔が散らされていて、いい匂いがした。

……美味しそう。

雑炊の香りに刺激されてお腹がきゅるると鳴った。そのときだ。

「ちひろ」

すぐそばで諒の声がして、びくんっと肩が大きく跳ねてしまった。

椅子に座ったまま振り向くと、大げさにびくついた私に諒も驚いたのか、目を見開いていた。後ろから差し出された手には、レンゲがある。

「え。あ、ありがとう」

かああ、と顔が火照る。だめだ、どうしても意識してしまう。俯いてレンゲを受け取る。すぐに諒も自分の席に着くかと思ったのに、数秒立ったままだった。

「諒？」

びくびくしながら見上げると、諒が少し苦笑いをして、私の頬を撫でた。多分、真っ赤に染まっているだろう頬を。

またびくっと震えてしまったが、あまりにせつなげな表情で見下ろされていたので、それ以上は何も言えなかった。

「た、食べようよ。冷めるよ」

「……ああ。そうだな」

ぽん、と私の頭に手を置いたそのときには、もういつもの表情に戻っていたけれど。

……諒が、何考えているのかわからない。

雑炊は、ちゃんと出汁がきいてて、とても優しい味だった。お腹に染み渡り、ほっとする。にもかかわらず、ちらちらと諒を見ながら、私は落ち着かない気分だった。

強引だったり、優しかったり、せつなげだったり。

初めて見る表情の数々に、私は振り回されていた。

＊＊＊

結婚式に向けての段取りというのは、あれやこれやとたくさんあって、大変だとよく聞く。

実際、それで不仲になるカップルも多いとか。式の準備で不仲になるって、本末転倒もいいところだ。

ほとんどの原因は、男性のほうがあまり協力的でなく、ややこしいあれこれを女性がひとりでやることになり鬱憤（うっぷん）が溜まって、ということらしい。

うちに関しては、真逆といっていい。むしろ、ちょっと止まれと私が諒を制止したくなるほど段取りよく事は進んでいた。

私がしたのは、式の招待者リストを彼に催促されて渡したくらいで、その他細かい諸々は全部諒が仕切っている。

打ち合わせのためにゴールデンウィーク中に一度式場に足を運ぶことになり、それに合わせて、私たちは小旅行に来ていた。これもまた、諒が全部準備してくれたのだ。ゴールデンウィークを空けておけと言ったのは、このためだったようだ。

正直言って、この旅行の計画を聞いたとき、不安だった。あんなキスの後で、諒がどういうつもりなのか気になって。

だけど、あれから諒が私に強引なキスをすることはなかった。お酒がきっかけだったこともあって、私も家で飲まないようにしたからそのせいかもしれないけれど。

ただ、全部が元どおりになった、というわけでもない。

感じるのは、触れ方や話し方、雰囲気がやたらと甘くなったことだ。もしや戦法を変えたのだろうか、と依然警戒はしているものの、あの濃厚なキスで押し切られるよりはずっといいので、あえて触れていない。

都心から車で二時間ほど。途中この時期見頃の花があるという公園に立ち寄ったので、大体四時間ぐらいかかっただろうか。辿り着いたのは伝統ある温泉街だ。諒が予約してくれていた旅館は、古きよき時代の趣を残した、風情ある建物だった。

旅館の正面に車を停めると、立派な建家を見上げて、ほう、とため息を吐く。

「ちひろ、疲れたか」

「あ、大丈夫。すごく立派な旅館だなって」

諒は車の後部座席から二人分のキャリーバッグを下ろして従業員に渡すと、私の真横に寄り添いするりと腰に手を回す。

「気に入ったか」

「う、うん」

それなら良かった、と諒が私の旋毛に軽く口づける。そう、こういう触れ方がやたらと多い。

いや、きっと今は旅館の人たちの前で新婚らしく振る舞わなくちゃいけないからだ。うん、きっと演技、演技。

気にしない、気にしちゃいけない、と必死で自分に言い聞かせ、動揺を隠して無反応でやりすごした。

仲居さんに部屋に案内してもらい、簡単な説明を受けた後、部屋でふたりになる。部屋を仕切っている障子を開けて隣の部屋を見た途端、絶句して立ち尽くした。

「……悪い、これは俺も考えていなかった」

「う、うそ」

「本当だ。旅館で和室といえば普通に布団だろうから離して眠ればいいと」

そこは黒の格子窓など和の雰囲気を残した部屋ではあるけれど、真ん中にどどんと鎮座しているのは大きなキングサイズのベッドだった。

諒をちらりと見ると、本当に困ったように眉間に皺を寄せていた。やがて彼はやや乱暴に髪をかきあげる。

「……本当にこんなつもりじゃなかった」

　そう言う諒の横顔が、一生懸命言い訳をする子供にも思えて、私もちょっと力が抜けた。

「……今から別の部屋とか」

「無理だろうな。一応かけあってみるが、ゴールデンウィーク中だ。急だったからこの部屋を取るのも苦労したんだ」

　……そうだろうな。

　行楽シーズンだし、ここは有名な温泉街だ。きっとどこもいっぱいだろう。諦めてそっと障子を閉め、ベッドが見えないようにした。

「いいよ、大丈夫」

　どうにか笑って、諒を見上げる。

「急に言われても旅館の人も困るでしょ」

　夜には私たちが困ることになるのだが、もう仕方がない。なんなら、ふたりでＤＶＤでも借りて見続けるか、夜な夜なトランプでもやってよう。そのうち疲れてぐっすりだ。

　せっかく諒がここまで準備してくれた旅行で、あまり文句を並べたくもなかった。

　諒はちょっとだけ苦笑いをすると、ふいっと障子の前から身をひるがえす。そしてキャリーバッグを部屋の隅に移動させ、手荷物の準備をし始めた。

「夕食まで時間がある。でかけよう」

とりあえずこの部屋から一旦避難しよう、ということのようだ。

「行こう」

「あ、待って！」

諒に促（うなが）され、小さめのショルダーバッグと仲居さんにもらった周辺のガイドパンフレットを持って、慌てて部屋から逃げる。

人気の観光地ということもあり、温泉街は活気に満ちていた。人が多すぎて風情（ふぜい）を楽しむというわけにはいかなかったが、賑やかで気を紛らわせるにはちょうどいい。

道の片隅でパンフレットを広げ、ふたりで覗き込む。今日は、諒も私も動きやすいラフな服装だ。諒はデニムパンツに黒のVネックのシャツ、足元はスニーカー。相変わらず何を着ても眩（まぶ）しい男だと思う。私は薄いブルーのワンピースに、ヒールが低めの歩き慣れたサンダルにしておいた。

「行きたいところはあるか」

「うん、このガラス細工のとこに行きたい」

道中の車の中で検索して、ここは必ず行くと決めていた。

ホームページにはさまざまな細工品の画像が載せられていて、どうしても手に取ってみてみたかったのだ。

諒の指が、パンフレットに描かれている道筋をゆっくり辿る。

「……こっちだな」

当然のように絡まる手に、少しだけ胸の鼓動が速くなる。今日一日、ずっとこうだ。途中立ち寄った公園でも、ずっと。

一面、青いネモフィラが咲き乱れる広大な公園は、それはそれは美しくて。景色に夢中になっているうちに、いつのまにか寄り添うような距離で歩いていた。

……これって、どう見ても友達の距離感じゃない。端から見れば、恋人か夫婦にしか見えないだろう。ここは旅先だし、誤魔化さないといけない相手に見られることはまずないのだから、ここまでする必要はないのに。そう思いつつも、なぜか拒否できなくて……

思い出して、また頬が火照り始める。それを誤魔化すように、私は次々に行きたいところを挙げた。

「あ、あとね、この店の抹茶ソフトクリームと」

「うん」

「それから、ここの白玉きな粉とこっちのわらび餅。あと、ここで温泉卵がゆでられるんだって」

　気になっているところを全部伝えると、諒が噴き出した。

「お前、食いものばかりだな」

「いいでしょ、旅の醍醐味なんだから。全部行けるとは思ってないよ」

「そうだな、やめとけ。夕食が入らなくなる」

「夕食、何がメイン？　やっぱり魚？」

　結局また食べ物の話に目を輝かせた私を見て、諒が楽しげに笑う。

「心配しなくても肉も魚もある。足りなければ頼めばいい」

「いや、そこまでしなくても」

　どんだけ食いしん坊と思われてるんだと、ちょっと恥ずかしくなってきた。でもやっぱり旅と言えば美味しい食事だし……と、少なからず私も浮かれている。

「日本酒も美味い」

　微笑みながら諒が呟いた。

「あー、そうなんだ」

　どきりとした。

　さすがに今日、お酒はまずい。だって部屋が、アレだもの。

「私、日本酒は飲めないいんだよね」

笑って誤魔化すようにそう言った。日本酒は前から飲めない。これは本当だが、諒はどうしても私に飲ませたいらしい。

「梅酒もある。あと夏蜜柑の果実酒が女性に人気だそうだ。せっかく来たんだから、試飲して、気に入ったのがあったら買って帰ればいい」

あ、そうか、試飲。

夜にがっつり飲むのではなく、試飲して自分のお土産に、と勧めてくれているのだ。

「梅酒が気になるかな。美味しかったら買って帰る」

自分が変に意識しすぎていたことに気がついて、笑ってしまった。

土産物屋をちらちらと見ながら二十分ほど散策したところに、ガラス細工館があった。工房が隣接しているのだが、今日はガラス作り体験は受け付けていなくて、ちょっとがっかりする。

気を取り直してお店に入ると、そこは古民家を改装した建物で、風鈴や動物のガラス細工、アクセサリーから色とりどりのグラスまで、たくさんのガラス製品が広い店内に溢れていて煌びやかだった。

「わー……綺麗」

どれも、うっとりするほど美しい。入口から順にゆっくりと見ていく。

「何か欲しいものがあるのか？」

「……うん、でも、ゆっくり見たい」

綺麗なものを見ているときって、なぜか心もゆったりとして口調まで静かなものになる。鮮やかな色彩と細かな細工の美しさに、心が洗われるようだった。

お目当てのものが並ぶ棚は、店の一番奥にあった。大きな一枚のガラス窓を背に木の棚板があり、そこに色とりどりのグラスが並んでいる。

「うあぁ……どれにしようか悩む」

「グラスが欲しかったのか」

「うん。綺麗でしょ？」

工房で手造りされているからそれぞれ形も微妙に違うし色も様々だ。ひとつとして全く同じものはない。見れば、ビアグラス程度の大きさのものの横には、小さなぐい飲みも並んでいる。

「これも可愛い！」

赤、青、ピンクにグリーン、またそれらが混ざり合ったもの。棚の後ろから入り込む陽の光で、一層煌（きら）びやかに見え、色の洪水のようだった。

しばらくひとつひとつにうっとりと見惚れた。

迷う。というか、グラスを買うと決めてきたのだが、ぐい飲みも可愛いので余計に決められなくなった。

日本酒は飲めないけど、部屋に飾って、ピアスなんかを入れるのに使ってもいいかもしれない。

「ねえ、諒はどれがいいと思う？」

ぱっ、と隣の諒を見上げ——いつかのように、どきりとする。

私をじっと見ていた諒の目が、とても柔らかくて優しかったから。

「ちひろは、グリーンが好きだろう」

「あ……うん。よくわかったね」

「さっきから、グリーンの色味のものによく目がいっている。これは？」

好みの色に気づくほど、じっと私を見ていたらしい。

じわ、と身体の奥が温かくなる。甘酸っぱい感情に戸惑いながら、私は諒の手の先に目をやった。

私が気に入って長く見つめていた、グリーンと白のグラデーションが美しいグラスがそこにあった。本当に、彼は私をよく見ている。

「じゃあ、これにしようかな。それと、あとひとつ」

「ぐい飲みか？」

「ううん。グラスをもう一個。そしたらふたりで使えるでしょ」

ひとつはグリーンだから、並べて色合いが綺麗なのは橙色(だいだいいろ)だろうか。そこからまたうんうんと悩んだ挙句、橙(だいだい)の温かな色味のグラスをもうひとつ、それと同じ色合いでぐい飲みをふたつ買うことにした。

ふたりで手に持って、レジまで持っていく。

「あ！　ちょっと待って、これは私が出すってば」

私が買うと決めてきたのに、諒がさっさとお金を払ってしまった。

「ふたりで使うものなんだから俺が払う」

なぜだか、やたらにこにことご機嫌になっている諒に首を傾げながら、諦めて財布をバッグにしまう。

私の希望で連れてきてもらったお店だったが、どうやら諒も気に入ったようで良かった。

「ありがと。大事に使うね」

ショップバッグを持ち、店を出てすぐにお礼を言うと、なぜか諒が腰を屈(かが)めてきた。

「んっ」

一瞬だけのキス。

「礼ならこっちのほうがいい」

そんな一瞬でもしっかりと唇の表面を舌でくすぐっていくのだから、さすがとしか言いようがない。

唇へのキスは、あの夜以来だった。

「もう！　ばか！」

と一応悪態をついておくが、あの夜、濃厚なキスをされた記憶が残っているせいか、啄むついば程度のキスではもう怒る気にもなれなかった。

真に受けちゃいけない。

私たちはいつか普通の友達に戻るのだから、意識しすぎてはいけない。この甘い空気に、浸ってはいけない。

わかっているのに、私の心は徐々に侵食されていた。


ガラス細工のお店で随分時間をかけてしまったので、もうすぐ夕食の時間だ。他の行きたかった場所を諦め、まっすぐ旅館に戻った。

お部屋で豪華な懐石料理に舌鼓したつづみを打つ。

それから大浴場に行き温泉にゆっくりと浸かって浴衣ゆかたを着て戻ると、諒も既に入浴を終えて戻ってきていた。

「ゆっくりできたか？」

「うん」

窓際に用意されている丸いミニテーブルと、籐とうのカウチ。諒はそこに私と同じ浴衣ゆかた姿で座って、お酒を飲んでいる。

「……あ！　開けちゃったの？」

　ミニテーブルに置いてあるのは、人気があると言っていた梅酒だった。試飲は結局お土産物屋ではできなかったので、試しにミニボトルを買っておいたのだ。それと一緒に、ガラス細工工房で買ったぐい飲みがふたつ、テーブルに載っている。

「せっかく買ったんだ。旅の思い出にいいだろう」

「ぐい飲み、持って帰るときに割れちゃうよ」

「うまく梱包する」

　別に、それくらい大した問題じゃない。それがわかっていながら文句を言ってしまったのは、お酒を飲む雰囲気に持ち込まれてしまったことへの抗議みたいなものだった。

　しかし彼は、お構いなしに両方のぐい飲みに梅酒を注ぐ。

「こっちに来い」

　ぐい飲みをひとつ、私に向かって差し出す。仕方なく近づいて受け取ると、カウチの隅に座った。

「……今日は飲まないつもりだったのに」

　つい、ぼそっと零してしまった文句。

「体調でも悪いのか？」

いっそ、悪いと言ったほうが良かっただろうか。けれど、せっかく諒が連れてきてくれた旅行でそんな嘘を言うのも嫌だった。

「元気です」

「じゃあいいだろう……何も、酔っぱらうほど飲めとは言ってない」

私が何を気にしているのか、諒もそこはかとなくわかっているようだ。

「……うん」

「乾杯」

小さくぐい飲みを掲げて、一息で飲み干した。かあっ、と喉が熱くなる。だけど、甘くて梅の香りが芳醇で。

「……美味しい」

「そうだろう」

空になったところへ、また梅酒が注がれる。これは、確かに美味しい。だけど、結構アルコール度数は高いだろう。調子に乗るとすぐに酔っぱらってしまいそうだ。

「俺にはちょっと、甘すぎるな」

「あ、そうかもね」

そう言いつつも、ぐいぐい飲んでいらっしゃるが。私は、二杯目はちびちびと舐めるように飲むことにした。

会話が途切れる。窓の外から、少し風の音がした。この窓からの景色は、昼間は豊かな自然が一望できて絶景だったが、夜は真っ暗な中、遠くに細い月が見えるだけだ。諒はカウチのひじ掛けに上半身を預けている。

私は、カウチの隅に、申し訳なさげにちょんとお尻をのせていた。

「今日はありがとう。久々の旅行で楽しかった」

「まだ終わりじゃない。明日は式場に行くんだ」

「うん、わかってるけど」

この静けさに耐えられなくなっただけだ。手足を動かした際の衣擦れの音すら、気になってしまう。

ちょっとずつ飲んでいたのに、二杯目もあっという間に空になった。美味しいからというのもあるし、沈黙が多いせいで間をもたせようとするとどうしてもペースが上がる。

でもまだ、酔うほどでもない。

「ちひろ、手を貸せ」

「え？　何？」

諒がもたれていたひじ掛けから身体を起こした。言われるままにぐい飲みをテーブルに置き、右手を差し出す。

「逆」

「うん？」

「左手だ」

膝に置いていた左手のほうを、諒の手が攫っていく。

何を、と黙って見ていると、どこに隠し持っていたのか諒の手にいつの間にか、透明な石のついた綺麗な指輪があった。

「諒……それっ、て」

「婚約指輪だ。遅くなって悪かった」

呆然と見ている私の目の前で、薬指に指輪が通されていく。

結婚指輪の準備のためにとサイズを聞かれていたけれど、まさか婚約指輪まで用意してくれているなんて思わなかった。

結婚の発端がそもそもだし、あと二か月と少しで、結婚指輪を嵌めることになるのに。

指の付け根までしっかりと辿り着いた指輪は、部屋の暖色の灯りの中で光を揺らめかせていた。諒がその手を恭しく持ち上げ、唇を私の薬指に触れさせる。

上目遣いに見つめられ、ぎゅっと胸の奥を掴まれたように苦しくなった。

――まるで、プロポーズみたい。

こんな形で結婚したからすっかり諦めていたけれど、プロポーズはひとつの憧れでもあった。だけど、諒の口から言葉はない。

——もう結婚してるんだし、当たり前だけど。

少し寂しく感じてしまう。だけど、たとえ体裁上必要だからだったとしても、婚約指輪を用意してくれたのは嬉しかった。

「嬉しい」

それに言葉はなくとも、プロポーズみたいなことはしてもらえたのだ。

自然と笑みが零れて——

「ありがとう、ひとつ夢が叶ったみたい」

素直な気持ちを口にした。諒がゆっくりと顔を上げる。

「諒？」

私の左手はしっかりと握ったまま、もう片方の手を伸ばして頬に触れてくる。絡みつくような諒の視線に、徐々に熱がこもり始める。

頬に触れた親指がするりと肌を撫で、人差し指が耳朶に触れる。私は思わず目を細めてしまう。

はあ、と零れた吐息の熱は、どちらが熱かっただろう。諒が唾液を飲み下した音がした。

「ひゃっ？」

急に手を引かれて抱き寄せられる。カウチの上で、ぴったりと身体が寄り添う。諒のもう片方の手が私の腰を抱いた。

「ちひろ」

左手は解放された。けれどその手が私の頬に宛がわれ、しっかりと目を合わせられる。

「俺と結婚したことを、後悔させない」

その言葉を聞いて、目頭が熱くなり不覚にも泣きそうになってしまった。

……ねえ、その言葉。私はどの立場で聞けばいいの？

どう受け止めればいいのかわからないまま、その直後、決して友達とは言えないようなキスで、言葉を封じられた。

すぐに舌が唇を割り、口内を犯してくる。腰に置かれていた手が回り込み、ぐっと腰と腰とを密着させられた。

「んっ……」

浴衣の裾が乱れる。慌てて諒の身体を押したが、少しも離れないどころか、逆に後頭部をしっかりと押さえつけられた。

「んうぁっ……」

ぐるり、と口の中で大きく舌を回されて、身体の力が抜ける。いっぱいに開かされた口の中で、私の舌が弄ばれ絡みつかれ、誘い出されて諒の唇に捕まる。

腰と後頭部を支えられ、ゆっくりと身体が傾いていく。諒が身体をずらしながら、自分が元いた場所へと私の身体を横たわらせた。そのまま覆い被さりキスを続ける。

今までのキスと、違うものを感じた。頭の中で警鐘が鳴り響く。浴衣の上から、諒の手が腰骨を撫でる。裾がはだけてしまって、素足に触れた諒の脚も布越しではなかった。

くちゅ、くちゅと部屋に響く音は、キスとは思えないほど淫靡だ。

「んっ、んっ……」

ぶるりと身体が震える。諒に吸い上げられた舌が、彼の口の中で嬲られ甘噛みされた。

「ん、ふっ……」

解放された、と思ったら、今度は諒の舌が私の口内に押し入ってくる。どっと唾液が溢れ、喉の中に流れ込んだ。

私のものか諒のものか、混じり合ったそれは甘くて熱い。必死で飲み込むしかなくて、それでも飲み切れなかった唾液が唇の端から流れ落ちた。

頭が肘置きに置かれる。それまで支えていた手が今は私の髪をかき上げていた。

「はあっ……」

ようやく唇が逸れて、息を大きく吸い込んだ。けれど諒の唇は絶え間なくキスを続けている。今度は、私の首筋に。

「諒っ、も、や……っ」

やめて。

ろくな言葉になっていなくても、その意味は伝わっただろう。

なのに、諒の唇は私が拒もうとすると敏感な耳を舐り、私の意識を奪おうとする。

「あああっ」

耳の縁や裏側を嬲られ、身体が強張る。愉悦に身体が痺れて思うようにならず、ぐったりするまでしゃぶられた。

私の声ばかりが響いて、諒の声が聞こえない。熱い息遣いだけだ。それがやけに不安を煽る。

諒が、完全に理性を飛ばしてる。

こんなにも抗えないものとは思わなかった。今までは、強引に見えてもちゃんと加減されていたのだ。

だけど今日は容赦ない。腰を撫でていた手が、いつのまにか浴衣の襟もと近くにあった。指が襟をひき、浴衣をずらす。鎖骨に諒の唇を感じた。

舌が鎖骨を辿り、口づける。歯を立てる。更に下、胸の膨らみに近づこうとした。

これ以上はダメだ。この先に進んだら、友達じゃいられなくなる。

咄嗟に、握った拳で諒の肩を叩いた。

何が怖いのか、少しだけわかった。キスも触れられるのも、嫌じゃないから怖いんだと。

これ以上進んだら、私はきっと、諒の友達としていられなくなる。

もう一度、今度は力いっぱい叩いた。全力で叩いたつもりだったのに、力が入らず『ぽすん』という音にしかならない。

「諒、もうっ……やめて」

ようやく、私の胸元から諒が顔を上げてくれた。からかうみたいに笑ってくれたら、今度こそ私は本気で怒れたのに。

目が合って、息を呑む。

諒の目は、熱く劣情に濡れていた。

「りょう、こわい」

蚊の鳴くような小さな声しか出なかった。諒が少し身体を離し、ミニテーブルのほうへ手を伸ばす。そしてミニボトルから直接梅酒を口に含むと、片手で私の顎を掴み、親指で唇を開かせた。

「や、んんっ……」

再び重なった唇から、温くなった梅酒が流れ込んでくる。甘さとアルコールで喉が熱くなる。押し返そうとしたけれど、唇はぴったりと塞がれて離れず飲むことを強いられた。

散々、濃厚なキスをされて身体が熱くなっていたからだろうか。ほんの数口程度の梅酒が、くらりと脳を揺さぶった。

零れた梅酒を、諒の舌が舐め取る。唇も、首筋も。

「あぁぁっ」

「甘いな」

やっと、しゃべったと思ったら――

「どこもかしこも甘い」

そのまま獣が首筋に食らいつくようにしゃぶり、吸い付いた。籐のカウチがぎしりと軋む。強く吸われたところが、痺れるように痛む。

もう、抗いの声すら恥ずかしいほど甘さを含んでいる。諒の荒い息遣いが私の本能をも揺さぶり、聞いているだけで肌の感覚が鋭敏になるような気がした。

浴衣の合わせはますます乱され、胸の膨らみが零れ出ている。浴衣の襟から手が入り込み、胸を外側から包むように触れられた。素肌の胸に、直に。

「や、や、ぁ、あっ」

胸の柔いところに、諒が口づける。そして、そこにも赤い花びらを散らした。その色は、あの日の八重桜の色に似ている。

満足げにその痕を舐めるのを、見てしまった。頭の芯が熱くなり、涙で視界が滲む。

どうして諒はこんなことするの。

私に、どうしてほしいの。友達じゃなくなってもいいの？

疑問は浮かぶけど、それを追及するには思考力がなくて。

諒の綺麗な唇が開いた、その先には、薄桃色に尖った蕾がある。

だめ。やだ。食べないで。

それをされたらもう、引き返せない。

本当はもう、とっくにそうなっているのかもしれなかったけれど、最後の一線を越えるような意味合いをそこに感じてしまった。

けれど、願い虚しく、それはぱくりと口の中に収まる。胸の先に温かな唾液を感じた瞬間、頭の中が真っ白になり、送られてくる愉悦に溺れた。

「ああん、んん、ふうっ」

乳房を揉みしだかれ、胸の先を絶えずしゃぶられ身を捩る。逃げたいのに、なぜか私の手は諒の浴衣をしっかり握って離さなかった。

私も諒も、浴衣なんてただのまとわりつく布でしかない状態になっている。諒も肩や背中が露わになっていた。私の片脚を担ぎ、カウチの背もたれにかけさせる。もう片脚は諒の肩にのせられる。下着の薄い布地の上から、諒の指がすっと割れ目に沿って爪で掻いた。

くぅん、と喉の奥から甘えるみたいな音が出た。布越しに与えられる刺激がもどかしくて、息苦しくて。

「りょおっ……」

この状況が正しいのか判断する術も見失い、名前を呼んで縋り付く。顔を上げた諒が、片腕を私の首の後ろに回し、覆い被さる。

「ちひろ」

下着の中へ諒の手が入り込み、既に熱く潤んだ襞に触れた。

「ああっ、あ！」

「ちひろ」

熱に浮かされたような、爛れた声で何度も私の名前が紡がれる。触れられた場所が、熱い。二本の指が器用に下着の中で蠢いて、襞を撫でていた。

自分の喘ぎ声に、水音が混じる。指が襞の隅に隠れた、小さなしこりを探しあてた。

「いやあああ、だめ、あああ」

そこを弄られれば、もう正気は保てない。階段を駆け上がるように高まる熱と悦楽に、ぎゅうと強く目を閉じた。

快感を生むだけのその場所を、諒の指が円を描いて撫で続ける。目を閉じたせいで余計に感度が鋭敏になり――

「あああああっ！」

諒の浴衣に縋り付いた瞬間、激しい痙攣に襲われた。

背を弓なりに反らせ、四肢を強張らせる。まだ蠢く諒の指先に合わせるように、びくん、びくんと腰が跳ねた。

「ひ、あっ……あっ」

くっ、と諒の指先に力が込められ、蜜口の中へと潜り込んでくる。

「あああ」

そのまま、ぐぐっと奥まで差し入れられた。全身を震わせる私の頬を、優しい手が撫で、離れた。私の中の指はそのままに、諒が覆い被さっていた身体を起こし、中途半端にずれていた私の下着にもう一方の手をかける。

そして私の片脚を曲げさせて、下着を抜いた。薄っぺらな防御が取り払われて、私は余計に泣きそうになる。

浴衣はもう私を隠してはくれない。腰の帯もほどけ、ただ巻き付いているだけ。

片脚を諒の手で持ち上げられ、大きく開かされる。

中を揺する指が二本に増え、それまでよりも大胆に攪拌された。

「ひん、いあ、やら、ああっ」

もう、ろれつが回らない。唾液を飲み込む余裕もないほど息が上がる。

ぐじゅぐじゅと音を立てる自分の身体が、今まで経験したことがないほど熱く、ひくついているのがわかる。

「ひあっ！」

彼の指が、私のいいところを探り当てた。一際高い声を上げて身体を跳ねさせた私を、諒は見過ごさなかった。

二本の指が、そこを何度も押し上げ擦る。かあ、と頭に血が集まって、目の前で火花が散る。

ひたすら喘ぎ声をあげるしかなくなった。女になってしまった。

ダメだと思う。女になったらダメだと思う。

強迫観念のように、わけもわからずそれだけが頭に浮かんだ。ずる、と指が上部を掻きながらゆっくりと出ていく。

「ふあっ」

最後まで引き抜かれて、膣がその喪失感にせつなく鳴いた。ふと、バーで語った諒の言葉を思い出した。

『女はめんどくさい。素っ気ないとこが好きとか言いながら、付き合った直後から構ってくれないだとかなんだとか不満を漏らすし』

いや、それ、絶対あなたが悪い。今なら断言できる。こんなに丁寧に愛撫されたら、誰だってどろどろに愛されてると思う。そんな状態で普段のドライな姿を見たら寂しくもなるだろう。友達の私にすらこの愛撫なら、彼女にはきっと、もっと——

胸の奥が焼け付くように苦しくなる。

『お前くらいサバサバしてるほうが多分俺には合ってる』

こんな扱いをされて、明日からも私はサバサバした友達でいなければいけないの？

っていうか、サバサバって、何。どんなの？

ぐっと、諒の身体が伸しかかってくる。

友人相手にしては必要以上に情熱的な目と、頬に触れる優しい手。身体を繋げる相手への諒なりの礼儀なのかもしれないけれど、今はそれが憎らしい。

「……ちひろ。俺は」

「私は、諒のセフレになればいいの？」

友達結婚って、こういうこと？

サバサバってこういうことかな、と思って出たセリフでもあったし、真実疑問でもあった。答えを期待して言ったつもりはなかったけれど。

諒が驚いたように目を見開いた。それから、怖いくらい険しい表情になったかと思うと、その両目からすうっと熱が引いて理性の光が灯る。そのことに、まるでナイフで刺されたような胸の痛みを感じた。

「……だったら無理だよ」

諒はいい奴だと思ってた。けど今日初めて、酷い男だと思った。

唇を噛みしめて諒を睨む。目に涙が滲んだ。

＊＊＊

女の面倒くさい部分を嫌う諒は、友人の私とならそういう行為をしても私が変わらないと思ったのだろうか。

残念ながら、答えはノーだ。

『私は、諒のセフレになればいいの？』

思い返せば、なんてみっともないセリフだろう。そうじゃないって言ってほしい――そう求めているようなものだ。

結局あの夜、私たちは結ばれなかった。諒は無言で私の乱れた浴衣を直し、抱き上げてベッドに運ぶと、シャワーを浴びてくると言ってしばらく戻らなかったのだ。

気になってなかなか寝付けなかったけれど、旅の疲れもあったのかいつのまにか寝落ちしていたらしい。朝方目が覚めたときには、諒も私の隣で眠っていた。

彼の寝顔を見て、こっそり泣いた。

私にはセフレは無理だ。

『セフレなんかじゃない』

あのとき、私はそんな言葉を期待していたのだろうか。

拒否したのは自分だ。なのに彼が理性を取り戻したからって泣くのはおかしい。

だけど次第に腹が立ってきた。

友達結婚すると決まってから何かと私を女扱いしたのは諒のほうだ。それまでは本当に、対等の友達だったのに。

まるで、自分の彼女に接するように優しくなった。過保護になった。

それなのに結局抱かなかったのは？

……友達としてでなければ、いけないからだ。諒は私を『友達』以外のものにする気がないのだ。

自分で出した結論にまた、切られるような痛みを感じ、私はもう自覚するほかなかった。

友達でしかなかったときにはわからなかった。意識したこともなかった。

八重桜（やえざくら）の下で見た優しい目。かと思えば、次の瞬間には熱くなる。守るように手を引いてくれる力強さ、撫でてくれる手の心地よさ。それらが、頭の中から消えない。

私は、諒に、惹かれ始めている。

友達だと言ったはずの私を抱こうとする、最悪な男なのに。

彼の眼差しが、目の前をちらついて消えない。

気づいた気持ちをどうしたらいいのか、考えあぐねつつ迎えた朝。

「……夕べは悪かった」

諒が、謝った。

なかったことにしたいのだと解釈し、私も気づいた気持ちに蓋をした。

もう、諒を友達としては見られないけれど、今ならまだ友達のフリは、きっとできる。

「……今度したらセクハラで訴えるから」

と怒ってみせたら、諒が笑った。

私も笑って、無理やりに元の友人関係に戻すことにした。

それが一番だとわかっている。それなのに、何かを失ったような、そんな気持ちに襲われた。

＊＊＊

旅行から帰ると、諒の態度が一変した。

旅行の二日目、式場を見に行ったときは普通だったように思う。

けれど、帰宅した翌日から、片付けないといけない仕事があると言って寝室にこもり、ゴールデンウィークの休暇中ほとんど出てこなかった。ご飯とトイレとお風呂くらいだ。旅行や結婚準備のために、もしかしたら仕事を後回しにしてたのかな、とか思ったけれど――

日が経つにつれ、おかしいと思うようになった。明らかに、諒と過ごす時間が減ったのだ。別に無視されるわけじゃないし、家事もこれまでと同じように分担している。だけど、家にいる時間が合わない。いても、仕事があるといって寝室にこもってしまう。

ただ、私が出勤する時間には起きて見送ってくれている。

「じゃあ、いってきます。諒は今日、晩御飯は？」

「ああ、多分遅くなる。先に寝てていい」

平日は、この時間くらいしか顔を見ていないんじゃないだろうか。

「ちひろ？」

玄関に立ったまま、ついじっと諒を見上げてしまう。諒は不思議そうに私を見下ろしてから、ぽん、と私の頭を撫でた。

「ちひろは早く帰れよ、暗くなる前に」

「子供じゃないんだから。諒、仕事大変なの？」

「ゴールデンウィーク明けは、元々忙しくなる予定だった」

「そうなんだ……頑張って。いってきます」

諒の帰る時間が明らかに遅くなったのも、旅行の後からだ。多分、今日も私が寝る頃まで、帰らないのだろう。

仕事だと言うけれど、それが本当なのかどうか、わからない。

……でも、これでいいんだよね。

期間限定の夫婦なのだから。私たちは友人なのだから。諒は友達にも手を出せる、悪い男なんだから。

だから、ひとりの食事が寂しいとは口が裂けても言えなかった。

朝は私の出がけに顔を合わせるけれど、夜は会わない――そんな日がしばらく続いた。

また、菜月を誘って飲みに行こうか。諒がうるさく言わなくなったから、たまには朝までがっつり飲むのもいい。菜月のとこに泊まりで遊びに行ってもいいかなと誘いをかけてみたが、こんなときに限ってしばらく忙しいらしく、落ち着いてから、ということになった。

仕事あがり、しん、と静まり返った部屋に帰る。まるで、ひとり暮らしに戻ったみたいだ。

「ただいまー」

誰もいなくても声に出しながら玄関に入る。ひとり暮らしの頃からの防犯目的の習慣だ。諒の靴が見当たらないから、今日も帰っていないのだろう。

簡単な料理を作って、一応、夜中に諒が帰ったときにお腹が空いているかもしれないと、少し皿に取り分けて置いておく。

お風呂に入った後、しばらくテレビを見ていても帰ってこないので、自室に戻った。スマホを手に、ベッドに腰かける。

「……ずいぶん、話してない気がするなあ」

ひとりごとを零しながら、待ち受け画面にあるスケジュールのカレンダーを指で叩いた。

今週の土曜、昼から半日ウェディングドレスの試着がある。一緒に行く予定になっていたけれど、この分だとひとりで行くことになるのかな。

ぼふん、とベッドに背中から倒れ込む。別に、ドレスは私が気に入ればいいものだし、世の中の女子のように一緒に行ってくれなきゃヤダとか文句を言うつもりもない。仕事なら尚更、仕方がないことだし。

諒は私のサバサバしてるとこが気に入っているのだから、そんなことでいちいち拗ねたり怒ったりはしない。

……って、なんで諒中心の思考になってるの。

諒のためにサバサバしてなきゃいけないみたいな考え方、おかしい。本末転倒だ。

もやもやして枕に思い切り顔を伏せたとき、玄関ドアの開く音がした。諒が帰ってきたのだ。がばっとベッドから起き上がり、つい物音に聞き耳を立てる。

足音は、私の部屋の前を通過してリビングのほうへと向かっていった。

……どうしよう。もう寝るつもりだったけど。

リビングに行ってもいいかな？

別に、この家の中で行動を制限されているわけではないし、構わないはずなのだけれど。それでも考えてしまうのは、避けられている気がするからだ。

会って話したところでストレートに『避けてるの？』なんて聞けやしないのだが、どうしても気になってしまう。

……目が覚めて、喉が渇いたことにしよ。

言い訳を作って立ち上がり、静かに部屋から出た。

夜に諒に会うのは久しぶりだ。喉が渇いたから、と言いながら水を飲んで、諒がもし晩御飯を食べるようなら温めて、私はコーヒーでも淹れて、そうしたら話す空気になるだろうか。

土曜のドレスの試着に行けるのかどうか、聞きたいし。

あれこれとパターンを考えながら、リビングに近づく。けど、ちょっと手前で足が止まった。

諒の話し声が聞こえたから。

……電話？

「だから、その件は今日ちゃんと説明しただろう」

仕事で何かあったのかな？

少し厳しい声だった。

仕事の話なら、それほど長くはかからずに終わるだろう、と、そのまましばらく立ち止まっていた。

あ、でも、これじゃ立ち聞きみたいだ。

一旦部屋に戻ろうかと考えていると、わざとらしいくらいに大きな、不機嫌を前面に押し出したため息が聞こえた。

「いいかげんにしろ。仕事にかこつけて絡んでくるのはやめてくれ」

あんまり冷たい声に、びくっと身体が震えた。そして確信する。相手は女の人だ。

「入江（いりえ）」

その女性は、入江さんというらしい。

しばらく沈黙が続く。どうやら、向こうの言い分を聞いているらしい。数十秒が過ぎて、また深いため息が聞こえた。今度は、不機嫌というよりも諦めによるもののように感じた。

「わかった……明日、聞く」

気がつくと、私は回れ右をして足音を忍ばせ、自分の部屋に戻っていた。なぜかって、そんなことを聞かれてもわからない。

ただ、胸のもやもやが一層色濃くなって、自分でもわけがわからないくらいにショックを受けていたのだ。

諒には、入江という名前の、仕事にかこつけて絡もうとする女性がいるらしい。

そういえば、結婚前に諒が言っていた。しつこく絡んでくる女性がいるとかなんとか……それがさっきの電話の人？

いや、あの人だけでなく複数いる可能性もあるか。

そういう人たちにまとわりつかれたくなくて私と結婚したんだっけ。

もぞ、とベッドで丸くなり、頭から布団をかぶった。

私に、何かを言う資格はない。私たちにはそれぞれ理由があって、結婚したのだから。

だけど、よく知っていると思っていた諒の、知らない一面を見た気がした。

自分に必要ないと思う相手には、あんなに冷たい声を出すのか。

……私がもし、諒の望むような関係でいられなくなったら、あんな態度をとられるの？

左手の薬指にある指輪が、心許ない存在に思えてくる。恋人なら、これほど確かな約束はないというのに、私たちは夫婦であるにもかかわらず、とても頼りないもののように思えた。

結局、その後も諒とはあまり話すことができないまま土曜を迎えた。ウェディングドレスの試着予約が入っている日だ。場所は式場ではなく、都心の商業施設内にあるドレスブランドの店舗でということになっていた。

前日も諒は帰ってくるのが遅かったし、今日はひとりで行くことになるだろう。そう思っていたのに、予想に反して諒は朝にちゃんと起きてきた。そして、車で一緒に店舗を訪れる。

「高梨様、本日はご来店ありがとうございます」

明るく華やかな店内で、女性店員が丁寧に対応してくれる。

「どうぞ、ごゆっくりと見て回ってください。気に入ったものがありましたら、ご試着いただけますので、まずは何点かお選びください」

「は、はい……」

見て回る、と言われても。

まさに、ドレスの海だった。壁に沿ってぐるりとドレスがかけられている。トルソーに着せてあるものもあった。店のショーウィンドウ近くは全て純白のウェディングドレスで、店の奥にはカラードレスの一角もある。

「……綺麗」

恐る恐る近づいて、ひとつのドレスに触れてみる。そのとき、そっと腰に手が当てられた。

「遠慮しないで、気になったものがあったら言え」

隣に寄り添った諒が、私を優しく見下ろす。なんだかこんな風に見つめられるのも、久しぶりな気がした。

だけど、気持ちが乗らない。

最初は、お芝居の結婚式なのだから周囲が納得すればそれでいいし、私も気楽に構えていればいいやと思っていた。けれど今は、こんなドレスを着て彼の隣に並ぶことが酷く虚しく思えた。

……それに結婚式を挙げることで、もっと、惹かれてしまったら。

酷い男だと自分に言い聞かせても、これ以上惹かれないか、自信が持てなかった。

不安を抱えたまま、ドレスのレースに触れる。それ以上動かない私に諒が気づいた。

「ちひろ？」

名前を呼ばれて、はっと顔を上げる。

「あ、ごめん。なんか、ドレスの数が多くて圧倒されちゃって……どれも綺麗だし。試着するのにも迷うね」

慌てて取り繕い、今度こそしっかりとドレスに目を向ける。

いくら気が乗らなくても、ちゃんと決めなくては。そのためにお店の人も時間をとってくれているのだ。

「どういうのが似合うと思う？」

「……そうだな。ちひろならなんでも似合うと思うが」

「いやいや。おべんちゃらはいいからね、正直に」

「腰が細いからな。こういうのはどうだ」

こ、腰って。

そんな言い方しなくても、普通に『細身だから』とかでいいんじゃないの？

妙に生々しい言い方に聞こえ、顔が火照った。店員さんをちらりと見ると、微笑ましいものを見るような笑顔を私たちに向けている。私が変に意識しすぎているだけなのか。

私がぐずぐずしている間に、諒はさくさくとドレスをピックアップしている。

「そういったラインのお衣装でしたら、こちらもおすすめですよ」

「じゃあ、それも候補に入れてください」

Aラインの、身体の線が出て裾は長く広がったものが多い。どうやらこういうのが諒の好みらしい。

「エンパイアラインも、清純なイメージでいいかもしれませんね」

「ああ、いいな。それも試着させます」

「かしこまりました」

と、いつのまにか私じゃなくて、諒と店員さんが中心になって進めている。

「え、でも、そんなたくさん試着しても……」

「構わない。時間も多めにとってもらっている」

「大丈夫ですよ、お客様によっては三日くらい通われてやっと決まる方もいらっしゃいますし」

どうやら、ドレスはとことんお姫様の気分で選んで構わないらしい。

「花婿さんも、今日お衣装を決めていかれますか？」

「俺は、彼女のドレスに合わせてもらえばなんでもいいです。ちひろ」

「はいっ？」

「どれから着てみたい？」

候補に挙がったドレスが、ずらりとハンガーラックにかけられている。どれもこれも美しくて、見れば見るほど迷ってしまう。

ドレス選びが一番楽しい、とウェディング雑誌に書いてあったけれど、そのとおりかもしれない。

気が乗らないと思っていた私でさえ、これだけ並べられるとそわそわとした気分になってくる。

まさかこれほど乙女心をくすぐるイベントだとは。

「じゃあ、まず、これ」

最初はやっぱり気恥ずかしいので、シンプルなものを選び、奥の試着室に向かうことにした。

試着室、といってもかなりの広さがある。

大きなリビングルームくらいの空間に、壁一枚が大きな鏡になっている。六畳くらいのスペースをカーテンで仕切ってあり、鏡があるのとは反対側のスペースには、ソファとローテーブルが置かれていた。

新郎、もしくは付添人はここで花嫁の試着が終わるのを待つらしい。それって、ドレスを着替える回数が多いほど長く待つことになるよね。

しかも普通の服の試着と違って、一枚一枚時間がかかる。

「ごめんね、退屈じゃない？」

「いや？　どれを着ても似合うのはわかってるが、この目で見たい。好きなだけ着ろ」

「……もう、そういうのいいから。気を使わないで」

わざとらしい惚気（のろけ）みたいなの、言わなくていいから。建前上、人目を気にしてわざとやってるのだろうけど。

ぽぽぽ、と顔が熱くなるのを止められず、俯（うつむ）きながらカーテンの中に入った。

試着の手伝いのために一緒に中に入ってくれた店員さんが、くすくすと笑っている。

「お幸せですね、素敵な新郎様で」

「……すみません」

かあ、と余計に火照（ほて）ってきた。これから試着するというのに汗が出そうだ。

「新郎様によってはドレスに無関心な人もいらっしゃるんです。愛されてらっしゃいますね」

「いえ、全然……」

愛とかはないのだけども。

それにしても、避けられているというのは私の思い過ごしだったのだろうか。そう思うくらい、今日の諒は以前どおりだった。

本当にただ仕事が忙しかっただけなのかも。

そんなことを考えながら改めてドレスを見つめる。

一着目に選んだドレスは、フロントは確かにシンプルだったけれど、バックスタイルが思いのほか豪奢（ごうしゃ）で驚いた。

腰のところできゅっと布地をかき集めたようになっていて、胸とウエストのめりはりが綺麗に出ている。腰の後ろは幅広のレースで大きなリボンが結ばれており、そこからレースがたっぷりと裾まで広がっていた。背中はV字に大きく開いていて、それがちょっと、恥ずかしいと思ったのだけれど――

「お背中が綺麗でいらっしゃるから、よくお似合いですよ」

「え、ほんとですか」

「はい。髪もちょっと簡単に整えてから、新郎様に見ていただきましょう」

手早く髪をアップにまとめて、白いバラの飾りを挿してくれた。ゆっくりとカーテンのほうへ向き直ると、店員さんが見映えよく後ろの裾を整え、カーテンを開く。

ソファに座っていた諒が、顔を上げた。

「ど、どう?」

諒が数秒、何も言わないのでどきどきしてしまう。ちら、と上目遣いに諒の表情を確認すると、彼は小さく目を見張った後、立ち上がりこちらに歩いてきた。それからゆっくりと目を細め口元を綻ばせる。

「ああ」

「……ああって何」

「似合ってる」

「……本当？　変じゃない？」

すぐそばまで来た彼が手を伸ばしてくる。指先が、剥き出しの肩に触れそうになって、一瞬どきりとした。

けれど、その指先は寸前で静止する。

「すごく綺麗だ」

宙で止まって、そのまま下ろされた指先を、寂しいと思ってしまった。

「なんか、もうこれでいいかも。私もすごく気に入ってて」

その寂しさを振り切るように、ドレスの裾を持ち上げて諒に背を向ける。鏡に映る自分の姿を見てはしゃいでしまえば、きっと気が紛れる。

「あら、せっかくなんですから他のもたくさん試してみてくださいね」

「ありがとうございます。でも本当に、これ好き。ベールはどんなのがあるんですか？」

「これに合うものでしたら、裾のレースと同じものでロングベールをオーダーメイドできるんです。ドレスとの一体感が出て素敵ですよ」

想像をかきたてる提案にちょっと胸がときめいた。

どんな風になるんだろう。

裾から目線を上げて、鏡に映る自分と想像を重ね合わせたとき、鏡の中にいる諒が、私の背中をじっと見つめていることに気がついた。

とても熱っぽい瞳に見えて、居心地が悪くなる。かあ、と熱くなった首筋に、どうかバレないでと祈りながらまた目を伏せた。

Aラインにエンパイアライン、プリンセスライン、とひととおり気になったドレスを着たけれど、やっぱり最初に着たのが一番好きだった。自分にしっくり合っていた気がするので、それに決めた。

採寸もしてもらい、私の身体にぴったり仕上げてくれるという。

「え、じゃあ、体重増減気をつけなくちゃ」

「二週間前にもう一度最終的なサイズ合わせをするので大丈夫ですよ。でもあまり大きな増減はないようにしてくださいね」

体形維持、頑張ろう。

カーテンを閉めた中で採寸を終え、着てきたワンピースに着替える。身体が軽くなった気がして、ふうと力が抜けた。カーテンを開けたら、諒が待っているはずだ。

「あれ？」

だけどソファに諒の姿はなく、首を傾げる。

「新郎様は、仕事のお電話が入ったとかで今、出られました。すぐに戻られると思うのでお待ちください」

店員さんが優しく声をかけつつ、テーブルに新しいコーヒーを置いてくれた。お店の人みんなが笑顔で気持ちのいい接客だ。

小皿にクッキーも出してもらって、しばらくの間ドレスに合わせる小物やヘアアレンジの相談をする。

「ちひろ、悪い」

諒が席を外していたのは、多分十分ほどだったと思う。

「仕事、なんかあった？」

「大丈夫だ、何もない。アクセサリーか？」

「うん、首回りがすっきりしすぎてるからボリュームがあるのをつけたほうがいいって……でもオプションなんだよね」

そう。

とても親切で感じのいい店員さんばかりなのだが、やはりそこは上手に勧めてくるというか……より良い仕上がりにしようと思うと別料金がかかるようになっている。

別料金なしで借りられるアクセサリーももちろんあるのだが、このドレスに合わせるならこちらが……と、乙女心をくすぐる提案が、有料という条件でなされるのである。

もちろん、さっき提案されたベールも別料金、しかもオーダーメイドで買い取りだそうだ。商売上手め。

「多少かかっても構わない」

と、諒がさらりとゴーサインを出した。

「諒、でもあんまりお金かけるのも」

「一生に一度のことだろう。ちひろが一番気に入るようにしたらいい」

……一生に、一度。

建前でも、そんな風に言わないでほしかった。嬉しいと思ってしまう自分に気づかされるから。

「……うん。ありがと」

口元だけ笑って言った。

ベールをオーダーしようか迷い、結局やめた。諒が不服そうだったけれど、オーダーのものよりレンタルで借りられるもののほうが好みだと、嘘を吐いた。

後に残るものを作ってしまったら、いつかきっと辛くなるような気がしたから。


店を出たのは、夕方六時頃。半日予約を入れてあるからゆっくり見ればいい、とは言われていたけれど、まさかそんなに経っていたとは思わず驚いた。一時からだったたから、約五時間も店にいたことになる。ドレスを一枚着るのもなかなかの作業だったし、その度にスマホで撮影してもらったりしてたから、知らず知らずに時間がかかっていたのだろう。

どこかで食事でもして帰ろうかと話をしながら歩いていると、諒の電話が鳴った。スマホの画面を見て、諒がため息を吐く。

「ちひろ、ちょっと待っててくれ」

「え、うん」

聞いたら悪いから、離れたところにいたほうがいいだろう。

このあたりにあるお店に入って服でも見ようとしたのだが、諒に手首を掴まれた。

「今日は無理だと言っただろう」

諒は電話の向こうにそう言いながら、私の手を引いて道の隅に寄る。

手を掴まれたままなので、私も隣に立っているしかない。できるだけよそを見るようにしていたけれど、つい耳は電話の会話を拾ってしまう。

「まだ夕方なのになんで出来上がってんだ、もう酒が入ってるのか」

くっ、と諒が苦笑いをした。ちょっとくだけたその口調が新鮮で、思わず顔を見上げる。

電話の相手が何を言ってるのかまではわからなかったけれど、漏れ聞こえてくるのは男の人の声だった。

会社の、同僚？　お友達？

会話の雰囲気から察するに、そんな感じ。

「誰が来てんの」

あちらのメンバーを聞くような言葉に、なんとなくこの先の成り行きを予測する。

数秒、向こうの声を聞いた後、諒は「わかった」と言って電話を切った。

「会社の人？」

「ああ。ちょっと顔を出さなきゃいけなくなった」

ああ、やっぱりか。

落胆を顔に出さないよう押し込める。

この頃、ずっと一緒にご飯も食べてなかったし、今日は久々にゆっくりできるのかと思ったけれど。

「わかった。仕方ないよ」

笑みを浮かべてそう言った。

「悪いな」

これが、ほんとの彼氏相手ならちょっとくらい拗ねてみせてもいいのかもしれないけれど。あ、でも、諒はそういう女は嫌いなんだっけ。

「じゃあ、私は帰って適当に食べる。それか久々にバーに顔出して帰ろうかな。諒はどっちに行くの？　駅の方角？」

仕事のお付き合いは大事だし仕方ない、と自分を励ましつつそう言ったのに、諒は急に怪訝な表情になった。

「一緒に行くのは嫌なのか？」

「は？」

「同僚ばかりだし、気を使う相手じゃないが」

言われたことを理解するのに数秒かかった。だって、一緒に連れていってくれるという選択肢があるなんて全く頭になかったのだ。

「大人数だし、まあ面倒なのは確かにそうだな。それならやっぱり断ることに」

「い、行く！」

諒の語尾に被せてしまった。

意気込んだ私に、諒がちょっと驚いた顔をする。しまった、つい前のめりに返事をしてしまった。

「あ、本当に迷惑じゃないならだけど。職場の人に会うのに、ほんとにいいの？」

慌てて平静を装ったが、喜んでいることはあんまり隠せてなかったかもしれない。職場や仕事関係の話はそれほど詳しく聞いたことがない。私が知らない諒を、垣間見られるかもしれないことに、つい嬉しくなってしまった。

「迷惑じゃない。まあ、ちょっとからかわれるかもしれないが」

手首にあった手が、するっと滑って私と手のひらを合わせ、握った。そのときの諒の表情が少し照れて見えたのは、きっと気のせいだろう。

今日はお酒を飲む予定じゃなかったので、諒が車を出してくれていた。駅の商業施設のパーキングに停めていたのだが、会社の人たちが集まっている居酒屋に行くには少し不便だ。一旦出して、改めて居酒屋近くのコインパーキングに停めなおす。車を降りて、ちょっと緊張しながら諒についていった。

お店に入ると、座敷の長テーブルに男性四人、女性ふたりが座っている。

「おおっ、来た来た来た！」

「どんな人？」

賑やかな声が響く。私は先に座敷に上がる諒の真後ろにいた。

「小田（おだ）、お前しつこいんだよ」

「だって気になるだろ。一体どんな美人がお前を射止めたのかって……」

諒が『小田』と呼んだ、今話している人が電話の相手だろうか。諒の後ろに隠れていた私を、ひょいと覗き込んでくる。

そしてそれ以外の目も一斉に私に集まった。

「あの、川崎と申します。今日はお邪魔してしまい申し訳ありません」

集まる視線に汗が出たが、どうにか口元で笑った。

……い、居た堪れない。

全員の視線が『なんでこんな普通の女と』と言ってるような気がする。美人じゃなくて本当に申し訳ない。

特にふたりいる女性のうち、ひとりはやけに不躾で、上から下まで品定めでもするように見られた。

「いやいや、こっちこそ。久々のデートなんだから邪魔するなって言われたんですけどね、無理言ってすみません。どうぞ座ってください」

小田さんがそう言ってくれて、皆が席をずらしスペースが空いた。

「ちひろ、隣座れ」

「あ、うん」

まあ、ひとり離されて座るのはもちろん嫌だけれども、さすがにこの状況では横並びが普通だろう。にもかかわらず、なぜかそれをあえて口に出し、諒が私の背中に手を当てて促した。反対隣は女性だが、さっきの嫌な視線の人ではない。穏やかそうな人でほっとする。

「こんばんは、はじめまして、木島です」

「はじめまして。……いつも彼がお世話になっています」

軽く笑顔で会釈し合い、座布団の上に腰を落ち着けた。

「なんで『川崎』なんだ」

急に不機嫌な声でそう怒られて、諒を見る。やっぱり眉間に皺が寄っていた。

「えっ、だって、式はまだだし」

正直なんて名乗ろうかと迷ったのだ。下の名前を名乗るのもどうかと思ったし『高梨の妻です』と言うにはちょっと勇気が……というか心の準備が足りなかった。だって恥ずかしい。

「届はもう出したんだから高梨でいい」

「……もう。わかった、次からそう名乗るから。やめて恥ずかしいから！」

なんでそんなことで不機嫌になるのかわからない。こんな場所でしょうもない言い合いをするほうが恥ずかしくて適当にあしらっておく。

なんとなく、絡み方がわざとらしい気がした。

クスクス笑いながら、木島さんがドリンクのメニューを差し出してくれる。ビールからカクテルまでアルコール飲料の名前が並んでいて、それを見てまた諒が口を出してきた。

「……今日はあまり飲むな」

「え、うん、そのつもりだけど」

最近、お酒は控えているし。でもどうしてわざわざ釘をさすのか。いつもこんなこと言わないのに、と戸惑っていると、木島さんが盛大に笑い出した。

「もう！　奥さんが可愛いのはわかったから、そういうのは家でしなさいよー。そんなに主張しなくたって誰も奥さん取ったりしないから！」

笑いながら大きな声でそう言う。するとその場のメンバーの私たち以外が、どっと笑い出した。

「奥さん、こいつねー。結婚して以来、奥さんが待ってるから早く帰るっつってノー残業で帰ってたら、さすがに仕事がたまってきて、それで今忙しいんですよ」

ゲラゲラ笑って諒を指さしながらそう教えてくれたのは、小田さんだ。

「え、あ、そうなんですか？　勤務体制が比較的自由だから時間には余裕があるって聞いたんですけど」

「それ以上に仕事を後回しにしちゃってたってことです」

「……何やってんの」

さすがに呆れて諒の横顔を見る。照れてでもいるかと思ったら、不遜な顔で小田さんにおしぼりを投げつけた。

「うるさい。新婚なんだからいいだろ」

「だからって惚気すぎなんだよ、毎日毎日！」

子供みたいな言い合いをしながらも、諒はさりげなく片手を私の腰に絡め、くっつくように寄り添ってきた。「ちょっと」と咎(とが)めても知らん顔だ。

またしても見せつけるようなその仕草に、はっと気がついた。

会社に面倒な相手がいて、ゲイ疑惑を言いふらされたと言っていた。

だからわざと見せつけたり、会社で惚気(のろけ)たりしてるってことだ。

なんだか真に受けて照れてしまいそうになった自分が、バカみたいに思えてきた。

「で、何にする？」

問いかけてきた木島さんに、私はアルコール度数の強いカクテルの名前を言った。

「ロングアイランドアイスティで」

それを聞いて諒が何かを言いかけたけど、知らんふりして木島さんのほうへ顔を向ける。

別に、べろべろになるほど酔っぱらおうというわけじゃない。ちょっと飲んで酔ったフリでもして諒に介抱されたほうが、ゲイ疑惑も払拭できるだろうし、諒が遠ざけたいと思っている女の人にも伝わるだろうと思ったからだ。

その人は多分、さっきの怖い目の人じゃないかな。木島さんは感じのいい人だし、そうじゃないと思いたい。

話を聞いていると、このメンバーは同僚の中でも諒と年齢の近い、気心の知れた仲のようだ。お酒が進むと、上司の愚痴だとか仕事の不満だとかが賑やかに飛び交い始める。部外者だし基本聞き役に徹していたけど、木島さんや諒が部外者の私でもわかるように補足して会話の輪に入れてくれた。

その中で、驚くようなことを聞かされた。

「えっ……、それが諒の仕事ってことですか？　新しいコンコースのデザインが!?」

この地域の主要駅にある、大きなターミナルビルのコンコースは、アンティークなデザインで昔から有名だった。わざわざ建造物のマニアが写真を撮りに来るくらいだったのだが、そのビルは老朽化で建て替えが決まり、何年も前から封鎖されている。

その建て替えも進み、もうすぐリニューアルしたターミナルビルがオープンになるというのは知っていたけれど。

「コンコースのデザインって……すごいじゃない！」

「って奥さん、聞いてなかったの？」

「ぜんっぜん知りませんでした……！」

なんで教えてくれなかったの、と隣を睨(にら)んだが、諒は小さく肩を竦めて言った。

「別に言うほどのことでもないだろう。ちょっと大きい仕事だってだけで」

「ちょっとじゃないでしょ、教えてくれたらいいのに。そのコンコース、いつ見られるの？　行きたい。オープンはまだ先だよね」

「あ、私、画像持ってる。奥さん見ます？」

「見たいです！」

ぐるん、と反対隣の木島さんのほうに首を向ける。彼女がＢ４サイズくらいの大きめのタブレットをバッグから出してくれた。

「わ……綺麗……！」

見せてもらったタブレットの中の画像を、次々とタップする。以前は確か、中世時代の油絵が壁画になっていて、美術館のような趣（おもむき）だった。

新しいコンコースは、アンティークなイメージは残しつつも、もう少しシンプルで荘厳な、教会のイメージだ。外と隔（へだ）てる壁の上部が、ステンドグラスになっている。

「いろんなデザイン案が揃って競争率高かったんですよ。もっと近代的なデザインとか、ドーム状になっているのだとか。でもその中で、高梨さんのデザイン案が残ったんです」

「すごい……」

「たまたまクライアント側の希望と俺のデザインが合致しただけなんだけどな。オープンしたら実物を見に連れてってやる」

うんうん、と画像を見ながら何度も頷いた。これは絶対、この目で見たい。

「すごいなあ、諒は」

私には進めなかったデザインの道だけれど、こうして諒が着々と実績を積み上げていくのを見ると、羨ましいのと同時に誇らしくなる。

「ほんとにすごい……」

「……もういいだろ。木島、仕舞っとけ」

「あ！」

ひょい、とタブレットを取り上げられて、木島さんに返されてしまった。なんでよ、と諒を見ると、ちょっと照れたような、普段はあまり見られない顔をしていて。

「……諒でもそういう顔するんだ」

「どういう意味だ」

いつも自信満々で、恥ずかしがったり照れたりするタイプではないと思っていた。

「オープニングセレモニーがあるんですけどね、それも出たくないって言い張ってて」

小田さんが、にやにやと笑いながら情報をくれた。

「面倒だろ、ただのパーティだし」

「だからってメインデザイナーが出ないってのはないだろ。式典の後のパーティはパートナー同伴可能だから、奥さんを連れてったらいいだろ」

「……ああ、まあ、それなら。ちひろ行くか？」

「えっ？　行ったほうがいいなら行くけど」

ってかそれ、私云々じゃなくて、諒は出たほうがいいのでは？

突然決定権をゆだねられ、慌てて答えたが――

「えっ？」

そのとき声を上げたのは、それまであまり話さなかった、あの女性だ。咄嗟に目を向けると、一瞬だけど睨むように私を見て、だけどすぐに弱々しい目に変わった。

「ええっ、パートナーって仕事のじゃないんですかあ？　私、アシスタントなのに」

しょんぼりと肩を落としてみせて、周囲の笑いを誘う。その様子に、さっきの険しさは見当たらない。どうやら彼女は、諒のアシスタントらしい。

「なんだ、入江、お前も出席はできるだろ」

小田さんがからかいながら、彼女のグラスにビールを注ぐ。以前、電話で聞いた名前だ。

彼女が『入江』さん。

年齢は私たちより少し若いくらいだろうか。ミディアムロングの茶色い髪はやわらかくウェーブがかかっている。綺麗にアイラインが引かれた目は、意思が強そうに見えた。

「けどぉ、誰がエスコートしてくれるんですかあ」

「うちの社から他にも出るだろ」

「それならひとりのほうがマシですぅ、ちぇー、いいですよ、もう！」

ぷいっ、と拗ねた顔で横を向く。それもちょっとおどけた感じで、明るく可愛らしいイメージだ。

入江さんが諒の仕事を手伝っていたのなら、彼女がパートナーとして出るべきじゃないのだろうか。彼女だって、面白くなくて当然だ。

けれどその場はそう言い出せる雰囲気でもなく、そのまま話は流れてしまった。

ちょっとほろ酔い、という程度で、後はソフトドリンクに切り替えた。それでも、トイレの洗面所の鏡に映る私は、しっかり赤くなっている。

アルコールがすぐ肌に出る質で、実際にはそれほど酔っているわけじゃないのだけど。

化粧直しを終えて、ポーチのファスナーを閉める。熱くなった肌を手で扇いでいると、キイと扉が開く音がした。鏡に、入ってきた人が映る。その人は鏡越しに私をしっかり睨んでいて、思わず息を呑んだ。

「……あ。お手洗いですか？」

いや、ここに来たんだからそれ以外の目的はまずないと思うけれど。他に何も浮かばず、とりあえず口に出したセリフだ。

入ってきた女性――入江さんは何も答えず、かといってトイレの個室にも向かわなかった。

無言のまま私の隣に並ぶと、手にした化粧ポーチを開ける。どうやら化粧直しに来たらしい。

気まずい空気に、先に座敷に戻ろうと化粧ポーチを手にしたときだった。

「……旦那さんの仕事もろくに知らないんですね」

「えっ？」

険のある声で突然話しかけられ、一瞬何を言われたのかわからなかった。相変わらず強い視線が、鏡越しに飛んでくる。

「高梨さん、今は着々と実績を積んでますけど、このコンコースのデザインコンペの頃はまだ無名で、競争率も高かったのに大抜擢だったんです。どれだけすごいことか、奥さんがわかってないなんて、高梨さん可哀想」

驚きながら入江さんの言葉を聞いていた。建て替えが決まったのは確かに五年ほど前だったように思う。コンコース部分のデザインが決まったのは、そこまで前ではないだろうけれど、それでも二、三年くらい前じゃないのだろうか。大学を出て三年やそこらでそんな大きな仕事が決まるなんて、確かにすごいことなのだろう。

本当の夫婦じゃないし、ただの飲み友達の私にわざわざ言うことでもない。

一緒に暮らすことになったのだから、後からでも話してくれたらいいのに、とも思うけれど、知りたければ私からもっと聞くべきだった。

「ですね、本当に。何も知らなくて恥ずかしいです。これからはもうちょっと、話を聞くようにしますね」

アシスタントをしてきた彼女は、きっと諒を尊敬しているんだろう。もちろん尊敬だけではないのは、そこはかとなく伝わってくるけれど。だから、何も知らない私が奥さんなのが腹立たしいんだ。

確かに私は諒のことをあまり知らなかったみたいだ。

今からでも知っていけば、この先の私たちのことも見通しがつくだろうか。良いほうに転ぶか悪いほうに転ぶか、それはわからないけれど。

「それじゃ、戻ります」

ぺこ、と頭を下げて出口へ向かう。逃げるようで嫌だったが、彼女の主張もわかるから、今は言い返す言葉が見つからない。

外へ出る一歩手前で、また彼女の声が追いかけてきた。

「パーティ、出席するんですか。何にも知らないのに」

嘲(あざけ)るような声に、つい後ろを振り向く。入江さんは、鏡越しでなくまっすぐに私を見て、挑戦的な目で笑っていた。

「自重(じちょう)していただけません？　ずっと彼をサポートしてきたのは私なんですから」

洗面台にもたれかかり、すらりと長い脚を交差させる。座敷で見たときはわからなかったけれど、顔の可愛らしさに加えスタイルも抜群だった。

ほっそりしていながら胸は大きく、メリハリがある。

彼女なら、諒の隣に並んでも遜色ない。彼女自身もきっとそう思ってるんだ。自信に溢れ、同時に私のことを見下した表情をしていた。

「……そうですね、私、そのパーティがどういうものかもよくわからないし」

悔しいけれど、反論する材料が私には乏しい。だけど言われっぱなしも悔しい。動揺を悟られるのも、絶対嫌だ。

「それなら、私に」

「主人が、私が必要だというなら出席します。そこは主人と相談しますね」

もはや意地だった。どうにかにっこり笑ってそう言うと、後は返事も聞かずに洗面所を出て、扉を閉めたところで大きく息を吐いた。

……あれって、絶対、諒のことが好きだよね。

ゲイ疑惑を言いふらしたのも彼女だろうか？

それにしても、あんなに綺麗な子相手に、私なんかで牽制になるのかな。

卑屈になりかけたところで、ぶるっと頭を振って頭の中から嫌な考えを追い払う。

なろうがなるまいが、結婚したのは私で、諒にとっては牽制するのが目的なのだから後はうまくやってもらおう。

座敷に戻ろうと顔を上げる。と、その座敷のほうから諒が歩いてくるのが見えた。

「ちひろ」

「諒？」

「大丈夫だったか」

心配そうに眉根を寄せている。どうやら、私の後を追うように入江さんが座敷からいなくなったから、心配になって追いかけてきたらしい。

「一応、妻らしくしとこいたよ」

「何か言われたか」

「何か、っていうか……」

こんなところで話せることでもない。ここはまだ洗面所の前だし、中には入江さんがいる。

言葉を濁していると、諒が重いため息を吐いた。

「……やっぱり来るんじゃなかった」

「えっ？　ごめん、頼りなかった？」

みんなの前でも、ちゃんとしたつもりだったけれど。

……やっぱり、奥さんらしくなかった？

諒の言葉に、焦って顔を上げた。けれど、そういう意味ではなかったらしい。

「そうじゃない。もう帰ろう」

　ぐい、と肩を抱かれ、そのまま歩き始める。

「え、でも、みんなまだ飲んでるんじゃ」

「嫌な思いをさせて悪かった」

　驚いて諒の横顔を見上げた。牽制（けんせい）の意味で連れてきたなら、それくらいのことは当然予想してただろうに。

「帰ろう。……顔も赤いしな」

　ぼそっ、と、最後に付け足された言葉は、いやに不機嫌そうに眉根を寄せて発せられた。

「えっ、そんなに赤い？　でもいつものことだし」

「いいから。荷物取りに行くぞ」

『帰る』と決めたら、何がなんでも帰るらしい。

　そして諒は問答無用で、入江さんがお手洗いから戻る前にさっさと退散してしまったのだった。


　車の助手席で、ほっと息を吐く。

……今日は疲れた。

考えてみれば、午後はずっとドレスの試着で、その後は飲み会に顔を出して。疲れて当然だ。

「少し寝てろ」

車を発進させる前にそう声をかけられる。お言葉に甘えてシートを少しだけ倒させてもらった。ちなみに諒は車の運転があるからと一滴も飲んでいない。

「……だから飲むなと言ったんだ」

「え、大丈夫だって。そんなに飲んでないし酔ってないし」

まだ言うか、と身体を横に向けて諒のほうを見ると、不機嫌そうな顔で運転をしている。

「お前、酔うと手足や首筋まで全部真っ赤になる」

「あー……うん。そういう体質だし」

「飲むな」

「はっ？」

突然何を言うのかと思ったら、いきなりの禁酒命令に唖然とした。

「な、なんで急に？」

「パーティじゃシャンパンが出るけど絶対飲むな。いいな」

「だからなんで!?」

抗議の声を上げても、諒はそれきり知らんふりして運転に集中してしまう。

赤くなるからなんなの？　みっともないってことかな。今までだって散々飲んでたのに、もしかしてずっとそんな風に思われていたの？

私もムッとして黙りこみ、きっと今も真っ赤だろう顔を手で隠しながらシートにもたれた。ちょっと顔が赤くなるくらいのことで、理不尽なことを言われて腹立たしい。……でも、仕事の大事なパーティだ。確かに、真っ赤な顔でうろついていたらみっともないかもしれない。

黙り込んで運転を続ける諒の横顔を、手の隙間からちらりと覗き、不意に尋ねた。

「パーティ、本当に私が出ていいの？」

「お前が出ないんなら俺も出ない」

「それはまずいでしょ。……ねえ、パーティへの出席を嫌がってるのは入江さんも出るから？」

牽制（けんせい）の意味で私が必要なら、出るしかない。大丈夫、ちゃんと、私が必要な意味は理解している。

「……同じパーティに出席してるってだけでパートナーの顔をしようとするからな。周囲の誤解を招く。取引先もいるし、印象が悪くなる」

……それって、今までにもそういうことがあったってこと？

大きなパーティではなくても、プロジェクトが終わったときの打ち上げなんかでそんなことがあったのかもしれない。

「……わかった。それなら出る」

そう言うと、諒の横顔がほっとしたように見えた。

入江さんの諒への気持ちは間違いないもので、諒も認識しているのだということはわかった。もしかすると、周囲の人たちも気づいていたりするのかもしれない。

じわ、じわと胸の中を焦がす感情がある。彼女があんな風に、妻である私に強気で出てくるのは理由があるんじゃないだろうか。

ごくん、と唾を呑む。けれど浮かんだ憶測を、呑み込むことはできなかった。

「……もしかして元カノだったりして」

できるだけ平静を装って、冗談っぽく聞いたつもりだ。心臓が、嫌に忙しなく鼓動を打つ。諒は、私が言った意味がわからなかったのか、怪訝な表情で一瞬だけちらりと目線を私に向けた。

「誰がだ?」

「誰って、入江さん。すごく執着してる感じだからもしかして、と思って」

さっきから入江さんの話をしてるんだから、彼女のことに決まっているじゃないか、と思った。

だけど諒には思いもよらないことだったのか、かなり不快そうに眉を寄せる。

「そんなわけないだろう」

「そう？」

「ただの後輩だ」

心底あり得ない、とでも言いたげな諒にほっとする。と、同時に、つまらないことを聞いてしまったと激しく後悔した。

「なんだそっかー」

変に思われなかっただろうか……嫉妬しているみたいに思われてたら嫌だ。

ぐっと唇を強く引き締め、目を閉じる。あまりに気まずくて、そのまま寝たふりで道中をやり過ごした。

「……ちひろ？　気分が悪いのか？」

途中、赤信号だろうか、車が停車したのがわかった。

諒が気づかわしげに声をかけてくる。それから――

私の髪を指で梳き、そっと静かに、指で頬に触れた。胸が、どきどきする。それでもかたくなに目を開けなかった。

寝たフリがばれてしまったら、その指が離れてしまう気がして。

＊＊＊

「高梨さん、頼んだのできてる？」

職場で、この名字で呼ばれることにもやっと慣れてきた。

パソコンのキーボードを叩いていると、我が社一番の営業マン、伊藤さんが焦った様子で声をかけてきた。

「できてますよ、今朝データはフォルダに上げておきました」

「あー、助かる！　ありがとう」

そう言いながら、彼は自分のデスクに座る。今度のプレゼンで必要なデータで、急ぎではなかったはずだが、昨日急に翌日仕上げを頼まれた。

翌日仕上げってクリーニングじゃないんだから、と文句を言いながらも、残業して今朝に最終的なチェックを済ませ、どうにか間に合わせた。

「プレゼンの日が変わったんです？」

「そうなんだよ、あちらさんの都合でさあ。あー、あった！　さすが高梨さん仕事早い！　しかも完璧」

共用フォルダに収めておいたデータを確認したのだろう、パソコンの向こうから拝まれた。

「いえいえ。仕事ですから」

「なんかお礼しないとなー。食事にでも、と思うけど……もう人妻だもんなー。人妻に残業させて申し訳なかった」

「ほんとにお気遣いなく」

確かふたつ年上だったろうか。適度に整った顔で人懐っこい性格は、男女問わず人気があった。私はくすくすと笑いながら、社交辞令を受け流す。

それに、残業をしても、諒は気づいてもいない。彼は相変わらず帰宅の遅い日が続いていた。

キーボードを打つ手を止めて、ふうとため息をつく。そして横に置いてあったスマホを手に取った。

待ち受けにあるカレンダー表示をタップする。

駅コンコースのオープンは、六月の第三金曜日らしい。それに先駆けて六月上旬、建て替えの全ての工程が終了してすぐに、駅ビル内のパーティ会場で式典がおこなわれる。

それが、二週間後に迫っていた。平日なので、私は有休をとってある。

ちょっとしたパーティドレスでいいのかな？　結婚式の二次会ぐらいの。あんまり目立ちたくもないし、シンプルで地味なワンピースでも探しに行こう。

『今日は、ちょっと寄り道して帰るね』

諒は気にしないだろうと思いつつもメッセージを送る。一応一緒に住んでるんだし、万一早く帰って、私がいなければ心配するかもしれない。

忙しそうだからすぐには見ないかなと思ったら、速攻で既読になって返事が来た。

『どこに行くんだ?』

はやっ。

『パーティのドレス、見に行ってくる』

ちょっとだけ、期待した。じゃあ俺も早く帰るから一緒に、とか言ってくれるかなと思ったのだけど。

今度は返信まで一分くらいの間があった。

『気をつけて帰れよ』

……だよね。忙しそうだし。

これが普通だ、と自分に言い聞かせながらスマホをデスクに置き、仕事を再開した。

その日の業務は順調に終わり、帰りに駅に併設されたショッピングセンターに立ち寄る。手ごろなブランドをいくつか見て回り、一軒のお店で気に入ったものを見つけた。

シンプルなワンピースだが、スカート部分が光沢のある布地とレースの切り替えになっていて、地味すぎない、上品なデザインだ。

「ネイビーか、ベージュか……どっちがいいかなあ」

「華やかなお席でしたら、地味すぎるのも失礼になりますよ。絶対ベージュがおすすめです。これにコサージュをつければ完璧です」

夫の仕事の式典に出席すると店員さんに相談したら、俄然張り切って選んでくれ、おまけにコサージュまで買わされてしまった。どこもかしこも店員さんは商売上手だ。

値段的には痛い買い物だったが、ショップバッグを手にするとちょっとだけ気分が向上する。靴は、合いそうなパンプスが家にある。帰ってから試着して合わせてみよう。

ふらふらとひとりで歩きながら、何か食べて帰ろうかと考えていると、歩き慣れた道に出た。諒とよく待ち合わせたバーのある道だ。

結婚してから一度も行っていないことを思い出し、久々に立ち寄ることにした。

夜七時過ぎ、この時間のバーはまだ閑散としている。バーに来る客のほとんどは、どこかで食事をしてから訪れるからだ。

「いらっしゃいませ、お久しぶりですね」

ちょっと驚いた顔をしたマスターが、迎えてくれる。何か月ぶりだろう？

随分懐かしく感じた。

「久しぶりです。マスター、軽く食べられるの何かある？」

「サンドイッチで良ければ」

「十分です。お酒はそれ食べてからにするー」

カウンターのスツールに腰かける。マスターが手早く作ってくれたのは、トマトとハム、クリームチーズのサンドイッチだ。

ポテトチップスと一緒に皿にのせ、薄紫色のスムージーのようなものが入ったグラスも一緒に並べてくれる。

「どうぞ、ベリーのヨーグルトスムージーです。お酒の前に飲んどくといいらしいですよ」

「わ、ありがとう！」

至れり尽くせりの応対に、ありがたく両手を合わせた。こんな風に、その時々に応じて軽食を考えてくれるので、お酒を飲む以外でもお気に入りのお店なのだ。

「そうそう、高梨さんにはお伝えしたんですが、おめでとうございます」

「えっ何が？」

サンドイッチとスムージーを綺麗に平らげ、おしぼりで手を拭きながら首を傾げる。

「本当にあのままご結婚されたそうで。これ、私からのお祝いです」

マスターが置いてくれたのは、鮮やかなピンク色のカクテルだ。グラスと氷の隙間に可愛らしくいちごとピンクグレープフルーツをカットしピックで刺したものが飾られている。

「シーブリーズです」

「え……あ、聞いたんですか」

ありがとうございます、とグラスに手を添える。色んな意味で恥ずかしくて、お酒を飲む前から顔が赤くなったのがわかった。

酔った勢いで本当に結婚するなんて、と呆れられているだろうか。ちらりとマスターの表情を窺うと、とても優しい笑顔だった。

「ええ、ご主人から。とても嬉しそうに報告してくださいました」

そのときを思い出したのか、クスクスと笑いながら話してくれた。

「あはは、いや、そんなおめでたい感じでもないってマスターは知ってるでしょ？」

友達同士で結婚しちゃったって知ってるはずなのに、おめでとうも何もないもんだ、と苦笑いが浮かぶ。

ひとくちカクテルを口に含むと、グレープフルーツのほろ苦い甘みが広がった。

それから、ふと、あることに気がつく。

「諒、あれからここに来たんですか？」

私がここに来るのは、酔っぱらって友達結婚を決めたあの夜以来だ。諒も私と同じであの日から来ていないと思い込んでいた。

「そうですね、一か月前くらいかな？　久々ですね、とご挨拶したのが。そのときにご結婚のことを聞きまして、それからはちょくちょくと」

「そうなんだ……」

別に、諒がひとりで来たからといって、文句を言うつもりはない。

ただ、このところ帰宅が遅いのは、仕事のためだと言っていたから、ちょっと腑に落ちない。仕事が遅くなった日に、私みたいに食事がてら立ち寄っているのだろうか。

こく、こく、とカクテルを飲んで、もう一度、どうしても気になったことを聞く。

「あ、あの……」

「はい？」

「諒はひとりで？」

聞いてから、恥ずかしくなって俯いた。けど、どうしても気になってしまう。このバーに、諒が他の人と来ていることを想像したら、たまらなく嫌だった。

……それが、女の人だったら。

諒は男だ。当然の欲求はあるだろう。私が身体の関係を拒んだから、それなら、と他の女性と関係を持つことだってあるかもしれない。

いや、もしかしたら元々、そういう相手がいたとか？

考え始めると、胸の中心を掻きむしりたいような衝動に襲われた。それをどうにか、拳を握って抑える。

「いえ、おひとりですよ、いつも」

穏やかなマスターの声に、ほうっと力が抜けていった。

「高梨さんが、川崎さん以外の女性とご一緒だったことはないです。あ、失礼。もう川崎さんじゃないですね」

「そうなんだ……」

私以外の女性は、連れてきていない。胸の中が穏やかに凪いで、気が楽になる。マスターは、カウンターの中でグラスを磨きながらさらに付け足した。

「おひとりで、静かに飲んで帰られます。時々、他の女性客にアプローチはされてますけど、あの人、興味ない人間にはドライアイス並みに冷たいですからね」

「ちょっ、ドライアイスって」

氷より酷くない？

おどけた言い方に思わず笑いが零れる。そんな私に、にっこり笑って彼は言う。

「ですからご心配はいりませんよ」

その言葉に、一瞬固まって、それからバツが悪くなり目を逸らした。

心の中を、見透かされているのだと気づいたから。

「……別に、心配はしてませんー」

「そうですか」

もとより、私に心配する資格はないのだ。

マスター情報によると、諒は毎日来ているわけではないようだ。だから、仕事で遅くなっているのも本当だろう。

ほろ酔いで街を歩きながら、このまま真っ直ぐ家に帰ろうか迷う。

「……あ。いつものバーにいるよ、って言えばよかったな」

もし伝えていたのなら、諒も仕事帰りに寄っただろうか。そうしたら、飲み友達で楽しかったあの頃の関係に戻れた気がした。

今は、すごく寂しい。

毎日会っているはずなのに、寂しい。

たまには……たまには、私から行動を起こしてもいいかもしれない。例えば今から諒の会社に彼を迎えに行ったり。

今ならちょっと酔ったフリもできるし、遅くなったから一緒に帰れるかと思って、って言えばいい。

諒のもとに向かう理由を見つけ、私は家とは反対方面への電車に乗った。

駅前にある大きな自社ビルは、少し離れたところから見ても、ものすごい威圧感だ。

こんなところで毎日働いているのかと思うと、なんだかちょっと諒が遠い存在に思えてしまう。

車道を挟んで向かいの歩道からビルを見上げながら、スマホを片手にどうしたものか悩む。連絡は入ってないし、諒は多分まだ仕事中だろう。

『近くにいるんだけど、そろそろ仕事終わる？』

『一緒に帰らない？』

頭に浮かんだメッセージを、スマホに入力しては消し、を繰り返す。そのとき、向こう側の歩道に諒の姿が見えた。

はっと息を吞む。

どこかに出かけていたのだろうか、会社に戻っていく諒はひとりじゃなかった。隣を歩いているのは、入江さんで。

遠目にも、諒の表情は不機嫌そうではあるものの、彼は入江さんに寄り添うことを許していた。

「……諒」

腕を組んで会社に戻っていくふたり。道を隔(へだ)てたところにいるので、私にはどうすることもできない。いや、近くにいたって、きっと何もできなかった。

諒に触らないで、と叫びたくなる。

だけどそれを言う資格が私にはないこともわかっている。

姿が見えなくなるまでただ呆然と、立ち尽くしているしかなかった。

電車に乗るのも億劫（おっくう）で、通りかかったタクシーを止めて家まで帰った。

タクシー代は痛い出費だったが、そんなことはどうでもよくなるくらい、ダメージを受けていた。シャワーも浴びず着替えだけして、ベッドに倒れ込む。ぎゅっと目を閉じると、諒の横顔や寄り添う入江さんの嬉しそうな顔が浮かんできた。

ふたりはもしかして、そういう関係なのかな。

胸の中が焼け焦げてしまいそうなほど、熱く嫌な感情が、ぐるぐると渦を巻く。

がばっと布団を頭からかぶって、暗闇に閉じこもった。

……いやだ。考えたくない。

あの手が、指先が、唇が。

彼女に触れたかもしれないなんて。

眠れないでいるうちに、玄関から音がした。会社の前で彼を見てから、それほど時間が経たないうちの帰宅に、ほっと安堵する。

だけど、コンコンと部屋のドアをノックされ、また息を詰めた。

「……ちひろ?」

返事をすることは、できなかった。今の、嫉妬（しっと）でぐちゃぐちゃの顔を見せるわけにはいかない。

そんなことをしたら、私たちの関係は終わってしまう。

夫婦でもなくなって、友達でもなくなったら、もう何も残らない。

ぎゅう、と唇を噛みしめていると、もう一度声がする。

「もう寝たのか？」

優しい声に、涙が出そうになった。


この感情に名前をつけることは、とても簡単だ。

嫉妬して、寂しくて、優しくされると嬉しくて、失うことが怖くなる。

たった二文字のシンプルな言葉に置き換えられるけれど、それを認めてしまったらもう、友達のフリもできなくなると思った。

あの日以降、私は夜に暗い部屋に帰ることが寂しくなって、ほぼ毎日バーに立ち寄っていくらか飲んでから帰るようになっていた。

諒と偶然を装って会いたいという下心も間違いなくそこにある。

ここでもう一度、以前のように飲むことができたら、自分の気持ちをかき消してしまえるんじゃないか、そうしたら楽になるんじゃないかと。

漠然とそういう思いもあったのかもしれない。

しかしながら、期待したときに限って諒がバーを訪れることはなかった。いつもひとりでバーに来る私に、マスターも何かしら気づいているのか、諒の話題を出してくることはない。

ただいつも、私が飲みすぎないように適度にセーブして、帰るよう促（うなが）してくれた。かつての諒の役割だ。

「こんばんはー」

「はい、いらっしゃい」

今夜も現れた私を、マスターはにこやかに迎えてくれる。

「何になさいますか？」

「ホワイトレディちょうだい」

カウンターのスツールに腰かけ、差し出されたおしぼりを受け取りながらそう言うと、マスターは少し眉をひそめた。

「アルコールきついですけど、大丈夫ですか？」

「うん、今日はさっと飲んで帰るから。残業で疲れちゃって」

伊藤さんが他の事務の子に頼んだ仕事にミスがあって、大急ぎでデータの差し替えが必要になったのだ。それを手伝っていたので、一時間の残業になってしまった。

「お食事は？」

「コンビニのおにぎり食べたから大丈夫」

飲む前にちゃんと食事のことを気にかけてくれるところが、マスターの気のいいところだ。

「お疲れなら、早く帰ってゆっくり休まれたらいいのに」

「だからこれだけ飲んだら帰るってー」

カウンターに頬杖をついてため息を落とす。

どうせ早く帰ってもひとりだ。それに色々考えすぎてしまうので、程よく酔って帰るほうがすぐに眠れていい。

明日は、例のパーティがあるから、寝不足でクマを作るわけにはいかないし。

コトン、と目の前に白いショートカクテルが置かれたとき、入口のドアが開く音がした。

「いらっしゃいませ」

ひとくち飲んでから何気なくドアのほうへ目を向ける。

「あれっ、偶然」

「伊藤さん？」

驚いて、頬杖から頭を上げた。伊藤さんも驚いた顔でこちらに近づいてきて、「隣いい？」と言いながらさっさと座ってしまう。

「ひとり？　ご主人は？」

「あ、主人は仕事で。ひとりです」

この店で職場の知り合いと会うのは初めてだ。彼がマスターにジントニックを頼むのを聞き終えてから、尋ねた。

「伊藤さんもここ、よく来られるんですか？」

「いや、俺は今日初めて……あー……」

言いながら、語尾をちょっと気まずそうに小さくしていく。

「伊藤さん？」

「ごめん、実は偶然じゃない。さっさと帰っていった高梨さんを追いかけて、お礼に食事でもどうかなと思ったんだけど、やっぱまずいかなーとか悩んでる間に、この店に入っていったから」

くしゃっと笑った顔は、相変わらず人の好さげな、好感度の高いものだった。

「あはは。別に嘘つかなくても」

「いや、後つけてたみたいで引かれるかなと思ってさ」

「そうですね、ちょっとだけ」

「あっ、酷いなー！」

軽口でやり過ごしている間も、ちょっとハラハラした。万が一、諒と鉢合わせになったら、と。

適当にしゃべって早めに退散しよう、と思ったとき、不意に先日の諒と入江さんの姿が思い出された。

……別に、職場の先輩と飲むくらい、なんでもないことか。腕を組んで歩いてるわけじゃないし。

ぐい、とカクテルグラスを一息に呷ったら、強いアルコールが喉を刺激して咽せそうになった。どうにか堪えて飲み干したけど、くらりと眩暈に襲われる。

「へえ、高梨さんって結構酒いけるんだ」

「いえ、そんなでもないですけど」

……ホワイトレディだったの、忘れてた。

ちびちび飲んで帰るつもりだったのに、うっかり飲み干してしまった。

「ちひろちゃん、今日は一杯でやめとくって言ってたよね」

マスターがそう声をかけてくれたけど、伊藤さんに会ってすぐに退散するわけにもいかない。

「いえ、あと一杯だけ。ファジーネーブルください」

今度は、それほど強くないカクテルを選ぶ。

「あれ、そんなにすぐに帰っちゃう？」

「元々長居するつもりじゃなかったので」

「あー、そっか。旦那さん心配するよな、新婚さんだし」

……心配、はしないかな。まず、遅く帰ってることにも気づいてないだろうし。

近頃はもう連絡を入れることもしなくなった。お酒を飲んで帰っても、諒はいつも、それよりもずっと遅くに帰ってくる。

だから伊藤さんの言葉に、曖昧に笑うことしかできなかった。

伊藤さんが、眉尻を下げて言った。

「いや、追いかけてきたのはさ、最近元気なくないかなって、それもあったんだよな」

「え。そうですか？　仕事はちゃんとやってますよ」

「それはもちろん、さすが高梨さんなんだけどさ……旦那さんって、あのすげえイケメンの男？」

「えっ」

どうして、伊藤さんが諒のことを知っているんだろう。驚いて目を見開き隣を見ると、伊藤さんが苦笑しながら続けて言った。

「昔から、よくこのあたりを一緒に歩いてるだろ。だから社内じゃ結構有名だよ、すげーイケメンと付き合ってるって」

「え……嘘」

このあたりをふたりで歩いた男といえば、確かに諒しかない。全然気づかなかったけれど、どうやら見られていたらしい。

「ほんとほんと。しかも仲良さげだったから、あれじゃあ無理だなあって諦めた男が結構いたって話……」

「ちょっと適当な作り話まで織り交ぜないでくださいよ」

「え、ホントの話だって」

後のほうの話はともかく、仲良さげって。一体どんなところを見られていたんだろう?

熱くなってきた顔をカクテルグラスで冷えた手で冷ましながら、諒とここに来たときのことを思い出す。

さほど頻繁ではなかったけれど、ふたり揃って常連になるくらいだからそれなりの回数は来ている。

仲良さげ……っていうのはあれかな、失恋したときは大抵ぐでんぐでんに酔っぱらって支えてもらったりしてるから、そのときかもしれない。

「最近は、旦那さんとは来ないの?」

「え、あー……ちょっと、仕事が忙しくて」

「元気ないから喧嘩でもしてんのかと思ったよ」

「いえいえ、そんなんじゃないです」

どうやら、随分心配をかけてしまっていたらしい。仕事中、顔に出しているつもりはなかったのだけれど。

……正直、普通の夫婦喧嘩のほうが、よっぽど解決が簡単だよなあ。

うちは喧嘩とは言えない。喧嘩にもならない。そもそも旦那が家にいないのだ。

また拗ねそうになっている自分に気づき、ぷるっと顔を振ってその考えを追い出した。

結構、酔ってるのかもしれない。

それからは、仕事の話が中心になって少しほっとした。ファジーネーブルをちまちまと飲んでいるうちに、気づけば一時間が経とうとしていた。

すっかり氷も溶けて薄くなったファジーネーブルの残りを、くいっと飲み干す。

「すみません、それじゃあ」

「え、あ！　待って待って、送るよ」

「え？　いえいえ、いいです。伊藤さんはゆっくり飲んでいってください」

言いながらスツールから立ち上がり、マスターにお会計をお願いしようとする。が、また伊藤さんに遮られた。

「だめ！　ここは俺が払うから」

「ええっ、そんな」

結構です、という意味を込めて片手を振ったが、伊藤さんは立ち上がり、まとめてお会計をしようとする。

「今日は本当に、お詫びとお礼」

「でも私、仕事しただけですし……」

なかなか引いてくれない伊藤さんに困惑しつつ、マスターに助けを求めるように目線を向ける。が、マスターはなぜか顔を強張らせて目を逸らした。

え、何、その顔。

「いいから奢らせてよ。その代わり、ちょっと酔い醒ましに歩かない……か……」

私の困惑に気がつかないのか、それともわかっていてもどうしても奢らないと気が済まないのか、いいかげんにしつこいなあと思っていた伊藤さんの言葉が、最後のほうで急に弱々しくなり、目線が私から逸れた。

何が起きたんだろう、と不思議に思ったところで、別の声に遮られる。

「結構だ。妻の分は俺が払う」

地を這うような低く重い声に、固まった。私がではなく、伊藤さんが。

私の背後を見て、ぴきっと凍り付いている。

当然、私もこの声が誰のものか聞き間違えるはずもなく、慌てて振り向いた。

「諒っ?」

何日通ってもちっとも鉢合わせしなかったのに、どうしてこのタイミングなのか。

ぽかん、と見上げた先にある諒の顔は、これ以上ないくらいに不機嫌で、くっきりと眉間に皺が寄っている。

「マスター、いくらだ」

その険しい表情のまま、さっさとマスターにお金を払い、諒は私の腕を掴む。

「あ、諒、待って。あの、こちら伊藤さんっていって、会社の先輩で、たまたま店で一緒になって」

慌てて紹介した。まるで、偶然居合わせただけなのだと一生懸命言い訳をしているみたいになってしまった。そのせいか余計に諒の顔が冷ややかになる。

彼は冷たい温度そのままに、伊藤さんに向かって微笑んだ。

「会社の方でしたか。いつも妻がお世話になっております」

割れて尖った氷みたいな諒の笑顔に、びくっと伊藤さんが背筋を伸ばす。

「あ、ああ！　いや、こっちこそいつも助けてもらってるから、ちょっと酒くらい奢ろうかと思ってさ。遅い時間まで残業させて申し訳ない」

「とんでもない。仕事で遅くなるのなら仕方がないことですから」

……つまり、とっくに仕事も終わってるのに遅くまで飲んでる現状はアウトってこと？

暗にそう言われているのだと、伊藤さんも気づいたようで再びぴきっと固まった。

一方、諒はこれで話は終わったとばかりに問答無用で私を店の出口へと引っ張っていく。

「行くぞ」

「え、あ。すみません、それじゃあ」

「あ。ああ、お疲れ。今日はありがとうな」

私が声をかけて、ようやく硬直が解けたのか、伊藤さんが笑顔を取り戻し、私に向かって手を振る。諒に引っ張られながらどうにか会釈し、私たちは店を後にした。

それでも諒の手は緩むことはない。

「あの、諒、今日はもう仕事終わったの？」

「ああ」

受け答えの間もずんずんと駅のほうへ進む。返ってくるのは短い言葉だけ。それ以上詰るわけでもないのに、不機嫌オーラは一向に消えない。

「ねえ、諒」

なんで、そんなに怒るの？

別に私が会社の人と飲んでたって、諒は何とも思わないいんじゃないの？

それに、諒が怒るのはおかしい。だって、諒はもっと好き勝手してるじゃない。

そう思ったら、頭に熱が集まってくる。

「諒ってば、なんで怒るの」

「怒ってない」

「怒ってるよ！」

あと少しで駅というところまで来て、私は声を荒らげ、諒の手を振り払った。

「会社の人と飲んでただけでしょ、別に変なことでもなんでもないのに！」

「会社の人間でもなんでも下心丸出しだろうが。前から言ってるだろう、お前は男を見る目がない」

私のヒートアップした声につられてか、諒も苛立ちを隠さなくなった。周囲の視線が集まるのを感じる。それでも、このところ溜まった鬱憤（うっぷん）のせいか止められなかった。

「だから！　男とかじゃなくてただの先輩だってば！　あんな態度、伊藤さんにだって失礼だよ！」

そもそも、男を見る目云々という話に結び付くほうがおかしいのだ、ただの先輩なんだから。

しかし諒は、眉間に皺（しわ）を寄せたまま呆れたようにため息をつく。

「お前、だからいつも変な男につかまるんだ」

「なっ……」

「第一、ひとりでこんなに遅くまで飲むな。さっさと家に帰らないからこういうことに」

「自分なんて、全然帰ってこないじゃない！」

頭に血が上り、感情が爆発する。

どうして、こんなに偉そうにお説教されなきゃいけないの？

私以上に、毎日遅く帰ってくる人に。

私が家にいるのに帰らないで飲んでるくせに、それに。

「毎日毎日、どこにいるのか知らないけど！　仕事のときもあるのはわかっているけど、そうじゃないときだってあるでしょ。あの店で飲んでるって聞いた！」

じわ、と涙が滲みそうになる。それを堪えようとしたら、今度は唇が戦慄き、声が震えた。それでも、止まらなかった。

「休みの日も仕事ばっかで寝室にこもりっきりで、私、避けられてるとしか思えないんだけど！　そんなに邪魔？　私がいるから帰らないの？」

……入江さんとは、あんな風に歩いてたくせに。

それは、どうにか呑み込んだ。嫉妬まみれの顔だけは見せたくない。

「ご、ごはんも、休みのときしかうちで食べないし。どこで食べてるの、なん、で」

言葉の途中で、気がついた。これでは全身で寂しいと言っているようなものだ、と。

はっと、片手で口を塞ぐ。

見上げると、諒は目を見開いて、私を見ていた。

情けなさと恥ずかしさで、顔が熱くて目が潤む。もう、諒の前から逃げ出してしまいたくて、走り出そうとしたそのとき。

「きゃあっ」

再び腕を掴まれて、すぐそばにあった細い路地に連れ込まれた。痛いくらいに、諒の手に力がこもっている。

「やっ、はなし……痛いっ」

振り払おうとしたけれど、びくともしない。それどころか片腕をしっかりと腰に巻き付けられ、余計に逃げられなくなってしまう。

「諒っ」

腕を掴んでいた手が離れたかと思った瞬間、顎を掴まれ、無理やり上向かされた。そして、すぐさま唇で塞がれる。

「んっんんん……」

唇も歯の間もこじ開けて、舌が私の口内にねじ込まれた。彼はもう、私の口の中の弱いところをよくわかっているみたいだ。

どこをくすぐれば、すぐに力が抜けていくのかも。

上顎を撫で、緊張して奥に引っ込んだ舌の付け根を刺激する。諒のスーツの布地を握り、どうにか引きはがそうとしたけれど、とても無理だ。

次第に力が抜けていく。それと同時に、舌も私の意思に関係なく勝手に誘い出され、諒の唇に捕まってしまう。

そのまま吸い上げられてしまえばもう、どんな抵抗もできなくなった。

「んっ……んっ……」

どん、と軽い衝撃が届く。諒が私を抱えたまま、背後の壁にもたれたのだ。おかげで、少し浮いていた足が地面に着いたけれど、だからといって自由になるわけではない。

息継ぎもできない深いキスで、私の思考の全部を奪おうとする。かり、と下唇を噛まれれば、ほんの少しの痛みと、それ以上の甘い痺れが全身に広がった。

「んあ……はぁっ……」

ようやく、唇が解放されたところで、うっすら目を開ける。すっかり視界は溶けて、諒の輪郭もぼやけて見えた。

私の頬を押さえていた諒の指が、唇の端に残った唾液の跡を拭ってくれる。路地に諒の声が響いた。

「また襲われたいのか。煽るようなことばかり言いやがって」

暗い路地に、鈍く光るブラウンの瞳が揺れる。熱に溺れたこの瞳を、見るのは二度目……いや、それ以前にも、見たことがある気がした。

一方的に向けられる欲情が、怖い。だけどどんなに怯えた目を向けても今の諒には通じない。

「それなら、このままホテルに連れ込んでやる」

「や……っ」

また、諒の唇が私に噛みつこうとする。腰を抱いていた手が、いやらしくお尻を撫でて爪を立てた。

「やだっ……！」

ぞく、と、また抗（あらが）えない甘い痺（しび）れに襲われそうになり、慌てて諒の腕を振り払って逃げる。

距離を取って振り返ると、諒は路地の薄汚れた壁にもたれたまま、欲に濡れた熱い視線を私に向けていた。

「わ……私」

「ちひろ……」

「きょ、今日は、菜月のとこに泊まるっ……」

このまま、家に帰って諒とふたりきりになるのは怖い。だって今の私には、もう、彼を拒む理由がないから。

彼がいない部屋は、寂しくて苦しかった。食事は喉を通らなかった。夜もお酒を飲まないと眠れない。

セフレとしか思われなくても、一緒にいれば私は今夜、諒を受け入れてしまう。

諒の手が、再び私に伸ばされそうになる。それを振り切るように、踵を返して路地を抜け出し、目の前のタクシーロータリーに駆け込んだ。

「ちひろっ……」

雑踏の中から、諒が私を呼ぶ声がした。

もう、セフレでもいいかもしれない、と思う自分が怖い。

あんなに強引なキスなのに、友達相手に劣情をぶつけるような人なのに。

酷い男だと頭ではわかっているのに、キスが嫌じゃなかった。嫌だと思えない自分が嫌だった。

暗闇に揺れるあの瞳が、あまりに熱すぎて忘れられない。

恋焦がれる相手を見るような熱い眼差し。錯覚のはずのそれが、本当ならいいと思ってしまう。

「うっ、うえっ……」

泣きながらこれまでの出来事を吐露した私の背を、菜月がよしよしと撫でてくれる。

泣きすぎてもう身体が怠（だる）かった。

あれからすぐ、タクシーに乗って菜月のマンションの住所を告げた。菜月のところなら、諒もそれほど心配はするまいと思って決めた行先だった。菜月が家にいる保証もなかったし、急すぎてダメだと言われるかもしれない。それならネットカフェにでも行こうと決めていた。

しかし、どうやら諒が菜月に連絡をしていたらしい。タクシーが菜月のマンションに到着する直前、電話がかかってきて私を部屋に招き入れてくれた。

丸いローテーブルには、アイスのローズヒップティのグラスがふたつ。

「もう無理。友達だったのに、こんなことになるなんて思わなかった」

はあ、と熱を持った息を吐き出して、項垂（うなだ）れる。そもそも、友達結婚なんてものに無理があったのだ。

男と女が一緒に住んで、間違いが起きない可能性のほうが低い、きっと。

しかし、菜月はちょっと考えてから私に質問した。

「無理ってのは、何が無理？」

「え？」

「諒にキスされるのが生理的に嫌？　触んなボケって思う？　そういう無理？」

「ちっ、違うよ！」

「じゃあ、どういう無理？」

……それをはっきりと口に出すのは、勇気が必要だった。私自身がもう、諒を友達とは思えない。諒には言えないその想い。だけど、菜月になら白状してもいいだろうか。口を開くと、またじわりと涙が滲んでくる。言葉にしようとするだけで、泣けてしまうくらい、もう無理なのだ。

「……い、今までどおり、友達の顔をしていられない。職場の女の子のことまで気になってもう苦しい。それなのに、普通の顔、しないといけないなんて」

話している間にも、諒と入江さんの姿を思い出して、嫌な感情が膨れ上がる。おかしくなってしまいそうで、頭を抱えてテーブルに突っ伏した。菜月の手が、そんな私の背中をぽんぽんと叩いて宥める。

「ちひろは、諒が結婚しておきながら職場の女にまで手を出す男だと思ってるんだ」

「……それは、だって。入江さんと、寄り添って歩いてたし」

「それだけじゃわかんないじゃない。他には？」

「……私に手を出そうとしたんだよ？」

いや、もう、完璧に出したようなものだ。どうにか最後の一線は越えなかったものの、あんなキスを何度もしたのだから。友達だと思っている相手にあんなキスができるのだ、諒は。

しかし、菜月はううん、と小さく唸る。

「ちひろに手を出したから？　諒がちひろをどう思ってるか、ちゃんと聞いた？」

「そんなこと……」

今更改めて聞くことでもない。

だって私たちはずっと友達だったのだ。いきなり気持ちが変わるような要素は何もなかった。結婚したこと以外には何も。結婚だって便宜上、必要に迫られてだ。

そう答えようと顔を上げたら、意味ありげな苦笑いを浮かべる菜月と目が合った。

「え……何？」

「まあ、結局何も言えてない諒に問題があるんだけどね」

菜月がふぅとため息と呆れたような呟きを零す。何が言いたいのかわからず、私は眉をひそめた。

「何もって、何？」

「ごめん、ちひろ。私が諒の気持ちに気づいたのは、ちひろが知らないことをひとつだけ知ってるからなんだけど……」

……諒の気持ちって？　私が知らないことって何？

胸がざわめき、縋（すが）りつくように菜月を見つめてしまう。彼女は、「落ち着いて聞いて」と言いつつローズヒップティのグラスを私の前に寄せてきた。

促(うなが)されるままひとくち飲んだが、少しも落ち着けない。

菜月は大きく深呼吸をして、まるで意を決したような表情で口を開いた。

「ちひろ、今まで彼氏とうまくいかなくなったのって、全部突然だったでしょう」

「……え？　うん？」

突然、元カレとのことに話が飛んで、諒とのことでいっぱいになっていた頭が追いつくのに時間がかかる。

きょとん、としている私の耳に飛び込んできたのは、想像もしなかった事実だった。

「最初のふたりを追っ払ったのは、諒だよ。今回の婚活アプリの人も多分、そうなんじゃないかと思う」

「え……え？」

驚きすぎて、思うように言葉が出ない。諒がそんなことするわけがない、と信じられなかった。だけど菜月が嘘をつくはずもない。

「なんで？　だって……」

思い出すのは、ふられたと聞いて飛んできてくれた諒のことだ。私の気が済むまで飲ませてくれて、介抱してくれてちゃんと家まで送ってくれた。

あのときの彼は、友達以上のことは絶対しなかった。ただただ、お前は見る目がないと言いつつも、ずっと励ましてくれて、それで。それなのに。諒は、自分が別れを仕向けたのに、何食わぬ顔で……？　私を騙（だま）したの？

　じわ、と涙がまた滲（にじ）み始める。それを見た菜月が慌てて私の鼻にティッシュを押し付けた。

「だから！　実際、見る目がなかったのはあんたのほう！　最初の彼氏、あれ、他に本命の彼女がいたんだよ！」

「え」

　ティッシュを受け取って、それで目頭と鼻を押さえる。次々に明かされる情報を、頭が処理できない。

「私が彼氏見せてって言ったら彼氏の画像、送ってくれたでしょ？　そのとき私の彼も一緒だったんだよね。彼に見せたらこいつ知ってるって……私の彼の取引先の社員だったの。社内に彼女がいるって聞いてて、しかも婚約間近らしいって」

「う、嘘、だって、あの人……結婚はいつかはしたいけど、仕事で今はそれどころじゃないって」

　最初の彼氏は、五つ年上だった。社会人になったばかりの頃、先輩に人数合わせとして無理やり駆り出された合コンで、慣れない私を気遣ってくれたのだ。自分も人数合わせだから、と言って。

　何度か連絡を取り合って付き合うようになった。いつも仕事で忙しそうで、時々会えるだけだったけど、その仕事熱心さも頼もしくも思えて。

「ちひろが本気で好きなのわかってたし、なのに相手が結婚間近なんて、どうちひろに言うべきか私も悩んで、それで諒に相談したの。そしたら激怒して……」

そこで、菜月がぶるっと身震いをした。

「お……追っ払った？　ってどうやって」

「諒が調べたら出てくるわ出てくるわ、女癖の悪い証拠の数々が。それで、言い逃れできないように私の彼氏も連れて彼女と会ってるとこに乗り込んで、二度とちひろに近づかないって誓約書を書かせてその場でちひろにメッセージを送らせた。その彼女って職場の上司の娘さんだったらしくて、後から、社会的制裁も受けたって話……」

「な、なんで言ってくれなかったの!?」

そんな大ごとになってたのに、どうして私だけ知らないのか。思わず大きな声を出してしまった私に、菜月はパンッと両手を合わせ「ごめん！」と言った。

「二股かけられて、しかもちひろのほうが浮気相手だったなんて知ったら絶対傷つくから言うなって、諒が」

「諒が……なんで」

呆然としてしまって、うまく頭が働かない。ショックというよりは、驚きばかりが先に立って、涙が止まった。ぽろりと零（こぼ）れた疑問に、菜月は苦笑いをする。

「なんでって、決まってるでしょ。ちひろが大事なのよ、諒は。自覚があったのか、そのときに自覚したのかはわからないけど、二人目の彼氏も諒が追い払ってた。別れたって聞いたとき、もしかしてと思って、私、諒にカマかけたの。また酷い男だったのかって。そしたら」

「……なんて？」

「……ちひろはろくな男を捕まえないって怒ってた」

「な、何があったの……」

「さあ？　でも諒のお眼鏡に適う男ではなかったってことかな」

「お父さんか！」

泣きたい気持ちもすっかり引っ込み、おもわず突っ込みが出た。うちの父なら確かに、それくらいのことやりかねないが。でも、なんで、諒が。

「ほんとにね。でも、諒はちひろのお父さんじゃないし、いくらなんでもただの友達にここまでしないと思うし……だとしたら、なんでだと思う？」

……お父さんでもなく、友達でもなく。

だとしたら？

じわ、と胸が期待に高揚し始める。でも、だったらなんで。

「諒から何も聞いたことない……あ、それに、入江さん――職場の女性のことも」

「それはどっちも直接、諒から聞くべきことでしょ。今日は泊めてあげるから、明日のパーティ、ちゃんと行きなさいよ」

ここでいくらふたりで話していても答えは出ない。それは、私にもよくわかっている。

……聞かなきゃ、何も始まらないし終わらない。

「……行く。ちゃんと、話もする」

たとえ菜月に言われなくても、パーティには出席するつもりだった。でないと諒に迷惑をかけてしまう。だけど、話をする勇気は、今の菜月の話を聞かなければ出なかったかもしれない。

「まあ、陰で暗躍までしてちひろから男を引きはがした諒が、今更職場の女に手を出したりしないと思うけどね……」

「……ありがとう、菜月」

ようやく少し笑う余裕ができた私に、菜月は笑ってルームウェアを一式差し出してくれた。

「とりあえず、お風呂入っといで。顔酷いから」

交代でお風呂を済ませると、菜月がベッドの横に布団を敷いてくれた。

菜月は明日も仕事だからとすぐにベッドに入った。私も布団にもぐりこみ、寝る前にスマホを確認する。スマホには、三度諒からの着信が入っていた。

時間はもう、深夜零時を回っている。

寝ているかもしれない――その可能性が高いから、逆に電話をかけてみようという勇気が出たのかもしれない。出なければ、メッセージだけ入れておけばいい。

菜月には聞こえないように、頭から布団を被って諒に電話をかける。寝てるかもしれないから、五回のコールで出なければ切ろうと思っていたら――

『……ちひろ?』

たった二回で、諒は出てしまった。まるで、待ち構えていたみたいに。

『藤原のとこに泊めてもらえたのか』

静かな優しい声が布団の中で響いて、涙が出てきそうになる。

「うん、大丈夫。明日のパーティも行くから、心配しないでいいよ」

小さな声で、どうにか言った。それから、ちゃんと話がしたいことを、言わなければ。ずず、と鼻をすすって、深呼吸をしたとき、それは諒のほうから切り出された。

『明日、パーティの後で話がある』

きっと、今日私が逃げ出したことで、諒もこのままでは一緒にいられないことを感じたのだろう。

「……今じゃなく、明日?」

『ああ。ちゃんと会って話したい』

「……わかった」

聞きたいことがたくさん、ある。言いたいこともある。

それらを今、口に出したくて、でも出すのが怖くて。結局は黙って諒に従うことにした。きちんと、顔を見て話したほうがいい。

『明日、パーティドレスは？』

「もう準備できてる。向こうに着替えるとこあるかな？」

『ターミナルビルの上層階がホテルになってる。部屋をとってあるから、フロントで名前を言えばいい。ちひろの部屋に置いてあるなら、俺が持って行こうか』

「いいの？　ありがとう。ドアを開けてすぐの壁に、新しいワンピースがかけてある。靴とコサージュはショップバッグに入れてあるから」

『わかった。ちひろは、向こうに着いたら部屋で待っててくれ。式典が終わったら迎えに行く』

式典とその後のパーティは新しいターミナルビル内でおこなわれると聞いている。

式典は、関係者だけでおこなわれるから私は出られない。けれど――

「……わかった」

きっと、入江さんは出るのだろう。アシスタントとして諒の隣に並んで。

ヘアセットは美容室で髪を編み込んでアップにしてもらった。少しでも綺麗に、可愛らしく見えるだろうか。

ホテルの部屋のドレッサーの前で、ワンピースに着替えコサージュを飾って諒を待った。

スタイルよく見えるように、ヒールはいつもより少し高め。今諒の隣にいるだろう彼女を意識しすぎているのは、わかっている。

それでも、諒の隣にいてお似合いだと言われたい。綺麗な奥さんだと言われたかった。

ピンポンと、インターホンが鳴る。

緊張に逸(はや)る胸を押さえながら、クラッチバッグにカードキーを入れ、ドアを開けた。

礼装に身を包み、そこに立っていた諒はいつにも増して麗(うるわ)しかった。

ただ表情は、憂(うれ)いに満ちている。

「ちひろ」

静かに伸ばされた手が私の頬に近付き、一瞬戸惑ったように止まってから、触れた。

昨日泣いた痕(あと)は、できるだけ消したつもりだけど、諒にはわかっているのだろう。

「式典は終わった？」

「ああ、待たせて悪かった」

「そんなでもないよ。こんな感じで良かった?」

昨日の話にはあえて触れずに、笑って見せる。

ワンピースのスカートをちょっとだけ持ち上げて見せると、諒は眩しいものでも見るように目を細めた。

「ああ、よく似合ってる」

「本当?」

「綺麗だ」

本当にそうだろうか。それなら嬉しいのだけど。

少し安心して、口元が綻んだ。

諒の腕に手をそえて、会場を訪れる。立食形式の会場は、たくさんの人で溢れていた。

「高梨さん、この度はお仕事をご一緒させていただいてありがとうございました!」

色んな人が、諒に声をかけに来る。私はよくわからないから、ただ諒の隣で微笑んでいるだけだ。

けれど、よくよく相手の話を聞いていると、皆すごい人たちだった。鉄道会社の役員や、各事業の責任者など、若い人でもそれなりの肩書を持っている。改めて、大きな仕事をしたんだなあと思わされた。

「そちらの方は?」

ある程度会話をしてから、私に目が向けられる。その度、慌てて表情を引き締め会釈をする。

「妻です」

「ご結婚されたんですか」

「ええ、この春に」

こんなやりとりを何度繰り返しただろうか。やがて広い会場の中で、入江さんの姿を見つけた。

「高梨さん！」

彼女もこちらに気がついて、足早に近づいてくる。アシンメトリーのレースカートが、ふわふわと揺れている。

「式典、素敵でした！　壇上に上がられても堂々としててさすがですっ」

「そうか？」

「もう、それを言いたかったのにすぐどっか行っちゃうんですもん〜」

「ちひろを迎えに行ってた」

私を無視して話す彼女に、諒がそう言う。そして、腕にかけていた私の手をそっと外した。

一瞬、彼女のほうに行ってしまうのかと思ったけれど、諒は腕を私の腰に回し、抱き寄せる。

「パーティのが気楽でいいな、飯食えるし」

「こんな立派なパーティ、決して気楽じゃないけどね……壇上に上がったの？」

「しゃべらされた。何も考えてなかったから焦った」

それはちょっと、見たかったな。

くす、と笑って、それから入江さんに目を向けた。

「入江さんも、今日はおめでとうございます」

こういう場所でどういう挨拶をすればいいのか、よくわからないけれど、おめでたい記念パーティなのだし間違ってはないだろう。

彼女は、相変わらず鋭い目を私に向けつつも、この場では綺麗に笑ってみせた。

「ありがとうございます、ちひろさんもどうぞ楽しんでくださいね」

「はい」

「私たちは仕事の話があるので」

私たち、と一括りにされたのはどうやら諒と入江さんのようだ。諒は「何の話だ」と低い声を出す。隣を見れば、無表情で入江さんを見ていた。

「今度のデザインコンペのことで、挨拶しておいたほうがいいと思う人がいるんです。だから一緒に」

「それならひとりで行け。俺は自分が必要だと思う相手は自分で決める」

「あ、じゃあ私も」

諒の対応は、酷く冷たい。入江さんも当然気づいているだろう、かろうじて笑みを浮かべているものの、焦りを見せていた。

「お前はもうひとりで仕事を取れる。いつまでもアシスタントをやってる場合じゃないだろう。俺と組むのはこれで最後だ」

「え……」

愕然(がくぜん)としたように、彼女の言葉が止まる。諒が私を促(うなが)し歩き始めようとしたが、そこに追いすがるようについてきた。

「ま、待って！　嘘ですよね、そんなのまだ無理です。私もっと勉強したいことも」

「必要なことはいつでも教える。力は充分あるし、クライアントとひとりで渡りあう度胸もある。後は経験だ。いつまで俺の金魚のフンをやってるつもりだ、それとも腰かけの仕事のつもりか？」

容赦なく突き放す諒に、入江さんはキッと目を吊り上げた。

「違います！」

「だったらもう大丈夫だな」

きっぱりと言い放ち、諒は彼女に背を向けようとする。彼女は焦って再び諒を引きとめた。

「そんな、待って……」

「ガキじゃあるまいし、保護者が必要なわけでもないだろう？　それ以外の役割が必要なら他を当たれ」

ざわ、と周囲がざわめく。揉めている気配を察知して、ちらちらとこちらを見る人がいる。

「諒、もう」

やめたほうが、と彼の袖を引いた。入江さんも注目を集めてしまったことに気がついたのか、顔を真っ赤にして俯(うつむ)き唇を震わせている。

「……わかりました。そうですね、地道に人脈を作ってみます」

「ああ、それがいい」

彼女はどうにか笑みを浮かべその場の空気を取り繕(つくろ)うと、くるりと踵(きびす)を返し人混みの中に消えてしまった。

「行こう、ちひろ」

「え、あ、うん……」

諒は諒で、何事もなかったかのように素知らぬ顔で場を離れる。

「良かったの？　お仕事の話なら私、離れて待ってるよ？」

「あれでいい。言わなければいつまでも独り立ちしないからな」

仕事絡みのことなのに、あんなに厳しい突き放し方をするとは思わなかった。横顔を見上げているうちに、わからなくなる。

諒と入江さんって、仕事上でコンビを組んでやってただけで、本当に何もないの？　あのとき寄り添って歩いているように見えたのは、私の錯覚だったのだろうか。

「疲れただろう。何か食べるか」

諒が近くのテーブルに並べられた料理を指さしながら言った。

「あ、先に飲み物」

「アルコールはダメだ」

「えー」

どうやら今日は私にひとくちもお酒を飲ませてくれないらしい。

「じゃあ、なんでもいいよ、もう」

拗ねて唇を尖らせる。ふっと笑った諒がスパークリングウォーターのグラスをふたつ、手に取った。そのひとつを差し出され受け取ろうとすると、おもむろに腰を屈めて耳元に顔を寄せてくる。かと思ったら、とんでもないことを囁いた。

「お前、酔うとエロくなるんだよ」

「ちょっ……は？　何を言って……そんなこと」

「ある。すぐ真っ赤になって目も潤む。わかってないのか無防備だしな」

「そっ、……馬鹿っ、そんな顔しない！」

何を馬鹿みたいなこと言ってるの!?

思わず声を荒らげてしまうが、諒は思ったより真剣だ。

「してる。だからあんまり外で飲ませたくない。特に俺がいないとこでなんか最悪だ」

至極真面目な顔でそんなことを言われ、じわじわと顔が熱を持ち始めた。

諒の職場の人との飲み会で機嫌が悪かったり、昨日伊藤さんと飲んでてあんなに怒ったのはまさかそれが原因なの？

諒を見つめていれば、不意に会場の灯りが落とされた。

「えっ、何？」

驚いて周囲を見渡すと、会場正面に大きなスクリーンが下りてきていた。

「ああ、新ターミナルビルの外観と内観の映像が流れるんだ。プロモーションだな」

「えっ、コンコースも見られる？」

「多分」

音楽が流れ、スクリーンに映像が映し出される。アナウンスでの説明を聞きながら、ひとつひとつ流れていく映像を見ていくと、中盤くらいで駅コンコースの画像が紹介された。

改修前の美術館のようなものから、新しい厳かな教会を思わせるコンコースに。

いくつかの壁面が複数の角度から映し出される。私はじっとそれに見入っていた。

「……綺麗、すごい」

私だって、美大を出た人間だ。その道には進めなかったけれど、これがどれだけ大きな仕事だったのか、諒のデザインがどれだけ計算されたものなのかくらいはわかる。

「諒は、すごいね」

そう言うと、諒が私の手をぎゅっと握る。私は、それに応えるように握り返した。

「本当に綺麗……」

じっとスクリーンを見上げる。流れていく映像に感動して、じわりと涙が滲んだ。


どうもこの頃、涙もろくなっていていけない。

プロモーションビデオが終わり、少し諒と一緒にお料理を楽しんでからパウダールームに来た。

鏡を見ると、ビデオのときにちょっと涙ぐんだせいか、アイラインが滲んでしまっている。その部分だけティッシュで拭い、パウダーをはたいておく。

「……もう、三時かあ」

予定ではそろそろ終わりのはず。その後は……諒と話をしなければいけない。

何を言われるのだろう。

少しは、気持ちがあったと言ってくれるのだろうか。入江さんとのことは、なんでもないって、もう一度言ってくれるのかな。

……ちゃんと私の気持ちも言おう。

もう、友達でいるなんて無理だと。

それから、この結婚生活をこのまま続けるべきなのかどうか、きちんと話をして……すぐに離婚や式の取りやめは無理でも、きっちり期間を決めてしまうこともできる。

……本当の結婚にできないのであれば、そうするより他にない。

そう考えると、胸がせつなくて押しつぶされそうになる。

諒との生活を失うかもしれないと思うだけで、不安で仕方がない。正直、このまま何もなかったことにして、これまでどおり一緒に暮らしたくなる。

……だけど。

パーティで諒が見せた独占欲や昨夜のキスを思い出す。あれらは作ったものではないと、思いたい。

パチン！　とパウダーケースの蓋を閉めて、クラッチバッグにしまうと、パウダールームの外へ出た。

諒はまだ会場にいるだろう。

戻ろうとする途中で、入江さんと男の人数人の声が耳に入り、思わず足を止めた。

「さっきプロモーションで流れてましたけど、あれって全部が高梨さんのデザインってわけじゃないんですよぉ」

気になってしまい近づくと、そこは会場のそばに設置された休憩室のようだ。扉は開け放たれており、中にはソファセットが置いてあって、くつろげるようになっていた。

入口付近で立ち止まる私に気づかぬまま話は続く。

「へえ、あ、君のデザイン？　アシスタントだもんな」

「そうですぅ。言っちゃなんですけど、やっぱ男の人のデザインって直線的じゃないですか。そこに、私のデザインも少し混ぜ込んで……だからあれ、本当はふたりの合作なんです」

つい彼女たちの会話に聞き耳を立てながら、眉根を寄せる。

メインデザイナーは諒で、彼女はアシスタントだと聞いた。彼女の言い分もわかるが、アシスタントの案をメインデザイナーが取り入れることはおかしなことではないはずだ。でなければ、何のためのアシスタントだという話になる。

さっきはあんなに諒に懐いておきながら何を不満げに言っているのだろう、と思いつつ続きを聞いた。

「ああ、まあなあ。アシスタントの辛いとこだな」

「ほんとですよぉ。それなのに、自分ひとりの仕事みたいな顔しちゃって、あんな言い方ないと思いません？」

「ああ、金魚のフン、だっけ？　あれは確かに言いすぎかなあ」

「自分ひとりで仕事してるんじゃないってな」

「そうですよ！　ああ、ショック。高梨さん、憧れてたのに。奥さんはあんなでへらへらして馬鹿みたいだし大して美人でもないし、趣味悪い」

むかむかむか、と胃の中から不快な感情が込み上げてくる。私のことはいい。美人じゃないのは重々承知、諒の隣にいて釣り合いが取れているなんて一度も思ったことはない。

だけど、諒に対して、あの言いぐさはない。あのとき確かに諒は厳しいことを言ったけれど、私には今まで一緒に仕事をしてきた相手への敬意も含まれていたように思えた。

冷たい言い方だったのはそのとおりだ。けれど、あえて突き放して、彼女がデザインで独り立ちできるように、甘えていつまでも頼らないように、そういう配慮だってあった。それが彼女には、伝わっていなかったのか。

そう思うと、腹が立って仕方がない。

唇を噛み、拳を握る。その間も彼らの会話は続く。

「ひでー」

どっと、男の人の笑い声が響く。

「趣味悪すぎ。デザイナーの名が泣きますよ。私のデザイン案返してって言いたいです、盗まれたーって。そしたらちょっとは」

ぶちん！　と、頭の中で何かが切れた。

「諒はそんなことしないから！　勝手なこと言わないで！」

部屋の入口に立ち、彼らに向かってはっきりと言い放った。やってしまった、と思ってももう止まらない。

入江さんと男の人たちが驚いたように私に目を向け、気まずそうに顔を歪めた。けれど、入江さんは、すぐに挑むように睨みつけてくる。

「あら。私、間違ったことは言ってないつもりだけど」

「訂正してください。そんな言い方したら、耳にした人が真に受けてそのまま噂を流すでしょう」

さすがに、今日は黙っていられない。強く言い返し、彼女に向かって一歩近づく。

「諒は盗作なんて絶対にしない！　それに、入江さんのことだって、言い方は冷たかったかもしれないけどちゃんと尊重してた、それなのにっ……」

ヒートアップして、声が大きくなってしまう。腹が立って腹が立って、爆発しそうで。

けれど突然、目の前を大きな手に遮られた。

「はい、どうどう。熱くなるな」

その手は私の顎をとらえ、後ろに抱き寄せる。

入江さんの目が私の真後ろに向けられ、大きく見開かれた。それから、真っ青になり顔を歪める。

「諒っ……！」

「落ち着け」

真上を見ると、諒が穏やかな目で私を見下ろしていた。なぜかとても嬉しそうな顔で。

そうして、両腕を私の前で交差させるとぎゅうっと思い切り抱きしめてくる。

「ちょっ、くるし」

「全くお前は。自分のことには呑気で、大抵のことは我慢するくせに。人のことになると沸点がめちゃくちゃ低い。別に好きに言わせておけばいいだろう」

「よくないよ！　だって、あんな」

泥棒みたいなこと言われてたんだよ⁉

泥棒、という単語を発して、また誰かに聞かれたら広まる可能性がある。だから呑み込んだけど、怒りは消化できない。

だって、腹立つよ！　何も知らない人が聞いたら、そのまま変な噂にされたかもしれないのに！　ちっとも良くない！

まだカッカする私を抱きしめたまま、諒はくしゃりと破顔する。

そして、それはそれは愛おしげに、私の額に、キスをした。

「だから、俺はお前が好きなんだ。昔から」

その場にはそぐわない、甘い声。その囁(ささや)きは、しんと静まり返ったこの場に驚くほど響いた。

「え……え？」

ぽかんとする私に諒は額のみならず、唇や瞼(まぶた)にもキスをする。

「その気が強いとこも、どうにも鈍いとこも、可愛い。それがわかるのは俺だけでいい」

あ、それ、さっきの入江さんの趣味悪い発言をフォローしてくれている？

……もしかして、『好き』というセリフも、人前だからそう言ってるだけ？

そう思いながらも、そうじゃないといいと期待を抱いてしまっている自分がいる。

様々な感情が入り乱れて、自然と目に涙が滲(にじ)み始める。

そんな私に、諒が気づいた。

「……嫌な思いをさせたな」

そう言いながら、何を思ったか腕の中で私を横向きにし、頬に手を添えると——

「んんっ！　んんん！」

思い切り深い口づけをした。

人が、見てるのに！

舌を入れ私の口の中をひと混ぜして、離れる。その後は私の顔が他の誰にも見えないように、きゅっと腕の中に囲ってしまう。

「入江」

「え、あ、は、はい」

諒の胸に顔を押し付けられてるから表情は見えないけれど、入江さんの声は、震えあがっている。

「この仕事のパートナーとして、一緒にやってきたつもりだ。どっちがメインでアシスタントかなんてのは気にかけたことがなかった。配慮が足りなかったかもしれない。悪かったな」

「あ、いえ。そんな。あれは高梨さんの仕事ですから……」

すっかり弱気になった入江さんは、さっきと言ってることが全然違う。

「悔しいかもしれないが、次からはメインで仕事を取れ。そうしたら実績も残せる。そのための手伝いならいくらでもやってやる」

相変わらず、淡々とした冷たい声だ。だけど、やっぱり彼女に対しての優しさは残してある。

彼女の返事は、とてもか細く小さな声で。押さえつけられつつもちらりと横に目を向けると、項垂れて小さくなっているのが見えた。

「じゃあ、俺たちはこれで失礼する。行こう、ちひろ」

「え、あ、どこに」

腕の中で方向転換させられ、肩を抱かれた。ちゅう、と今度はこめかみに口づけられて、唇でくすぐるみたいに彼が囁く。

「これからは、夫婦の時間だ」

ずくん、と子宮の奥に疼くような痛みが走った。人前でなんてことを言うのだ。全身が熱くなる。きっと目から耳から、全部真っ赤になっているに違いない。

赤くなるとエロいから酒は飲むなと言ったくせに、これでは全く意味がない。

抱き寄せられたままなので歩きづらく、脚がもつれそうになりながらエレベーターホールに辿り着く。

ボタンを押すとすぐにドアが開いて、エレベーターに乗り込んだ。エレベーターには私たちの他にも何人かが乗っている。

「……どこに、行くの」

小さな声で尋ねた。このまま、部屋に行くのは不安だ。だけど――

「部屋に行く。ふたりになりたい」

諒はやっぱり、取ってある部屋に行くつもりらしい。

行ったら、私たちはどうなる？　ちゃんと話ができるのだろうか。

「……諒」

私の怯えや不安が、諒にも伝わっているらしい。彼の指が、私のこめかみに触れ、ほつれた髪を後ろに流した。

「ちゃんと話す。全部だ。だから頼む……俺から逃げるな」

諒の目が、せつなげに揺れている。

そんな風に言われたらもう、黙ってついていくしかなかった。


約束を、したはずなのに。

部屋に入った途端、だった。

「諒、んんっ」

噛みつくように乱暴なキスで唇を塞がれる。舌が押し込まれ、大きく口を開かざるを得ない。熱い舌が口内を蹂躙（じゅうりん）し、舌先を擦れ合わせた。

「ん……ふ、や……」

どうにか、顔を横に向け、キスを避ける。だけどすぐに諒の手が私の頬を挟んで無理やり正面を向かせた。

「や、話、するって」

「ああ、わかってる」

わかってる、と言いながらも唇はまだ近くて、ふたりの熱い吐息が混じり合っている。

諒は眉を寄せ、どこか苦しそうで。

私の顔をしっかりつかんだまま、再び唇を啄み、目尻を舐め、耳の縁を唇でくすぐる。

「あぁっ」

ぞく、として諒の上衣の布地を握りしめた。耳元で、低い声が響く。

「俺は、ちひろを騙した」

「え……っ」

その言葉に、戸惑いと不安が込み上げてきた。

だけどその不安をかき消すように、諒の指先が、髪を結いあげた私のうなじを撫でる。

くすぐったさに目を細め、諒を見つめた。

……騙した、ってどういうこと。

靄のかかった頭で、懸命に考える。悪いことのようにしか聞こえないけれど、諒の声はとても甘く切なくて。

「最初から、期間限定なんて思ってなかった。お前が嫌がっても、離すつもりはなかったんだ」

「……何、なんで」

「お前が逃げたいと思っても、逃がさない」

「んっ、あ、ちょ……あっ」

唇や顔中にキスをしながら迫ってくる諒に、つい後ずさってしまう。気がつけば、脚が何かにつっかえて、バランスを崩して後ろに尻もちをついてしまった。

そこはぽふんと柔らかなスプリングの上。

ベッドだ、と気がついて鼓動が跳ねる。恐る恐る見上げると、諒が熱のこもった目で私を見下ろしていて。

諒はしゅる、とネクタイを抜き取る。

これでは、全然話にならない。

「諒、待って、ってば……！」

ぎし、と再びベッドが揺れる。諒の片脚がのし上がってきたのだ。片手が私の首筋を捕らえる。思わず身体を震わせ、ぎゅっと目を閉じた。

「……諒、お願い」

このままじゃまた、旅行の日の夜のように、何も考えられなくされてしまう。

目を閉じたまま手を上げ、シャツ越しに諒の身体に触れた。すぐ間近にまで、彼が来ていると知る。

けれど、それ以上何かをされる気配もない。私は恐る恐る目を開ける。

「……諒？」

すぐ目の前に、諒の目があった。ブラウンの瞳に映る私は、不安そうな顔をしている。だけど、諒は、それよりももっと哀しそうで、そのくせ逃がさないと強く私の手を掴んでいた。

「ちひろにとって俺は友達でしかないのなら、いつまでも待つ。どれだけかかっても構わない。だから期間なんてなんの意味もない」

「諒……」

「……頼むから俺から逃げるな、夕べみたいに」

「あれは……」

諒から逃げたわけじゃないのに……友達のフリをできなくなりそうな自分から逃げただけ。友達としか思われてないのに、セフレでもいいと受け入れそうになる自分が怖くて逃げた。

……だけど、もう、逃げなくていいの？

「わ、私はっ……本当は」

もうとっくに、友達だなんて思えない。ただそれを知られたら諒がいなくなる。そう思ったから、どうしたらいいのかわからなくなっていただけで。

それを、言葉にしようとした瞬間、あの夜見た光景を思い出した。

諒が、わからない。言ってることと見たことが、一致しない。

「私、諒が、何をしたいのかわからない」

自分は彼女とあんな風に歩いておいて、私のことは酷く束縛する。

ちょっと職場の人と飲んでただけであんなに怒るくせに。なのに私を平気で家にひとりにして、彼女とは……

そのことを考え始めると、いつも焼けつくような感情に支配されて、苦しくてどうしようもなくなってしまう。

だからずっと考えないように、平静でいられるようにと思っていたのに、ついに溢れた。

「ずっと、帰ってこなかったじゃない。私が拒否したから、嫌になったんじゃないの？」

じわ、と涙を滲ませる私に、諒が目を見開く。私の手首を掴む手が、強くなった。

「一緒にいたら、無理やりにでも抱いてしまいたくなるからだ。一度触れたら、箍が外れた。もうあんな風にはしたくない」

「だから？　だから入江さんと一緒にいたの？」

ぼろ、と大粒の涙が溢れた。自由になるほうの手を振り上げて、諒の身体を叩く。二度、三度と。

諒は避けもせず、困った顔でそれを受け止める。私が何を怒っているのかわからないみたいだった。

「ちひろ？　入江とは何もないって言っただろう。確かに仕事の兼ね合いで一緒にいることは多かったが、それももう」

「仕事であんな風に寄り添って歩くの？　ベタベタ触ってくるの、好きにさせてたじゃない！」

そう言うと諒は、はっと目を見開いた。身に覚えがあるのだと、余計に哀しくなる。

ぱしん、と四度目を振り下ろしたら、今度はその手も捕まってしまった。

「私、見たんだから、諒の、会社の前でっ……」

「会社に来たのか？　なんで」

「だって……だって、諒に……あいた、く、て……」

会いたかったから。寂しかったから。距離を置かれて、哀しかったから。

諒に、会いに行ったのに。

そう言っている間も、ぼろぼろぼろ、と涙が堰を切ったように流れる。嗚咽を堪えたら喉に痛みが走って詰まったようになり、もうそれ以上言葉が出てこない。

格好悪い。嫉妬まみれのみっともない私を、ついに見せてしまった。

……終わった。もう、嫌われる。

顔を隠そうにも、諒が私の手を掴んで離してくれないからそれもままならない。

仕方なく俯いて、肩を震わせていると――

「……ちひろ」

つん、と旋毛にキスをされた。少しだけ顔を上げれば、今度は額だ。上を向くように促され、恐る恐る諒と目を合わせると、彼は少しも嫌な顔はしていなかった。

「多分、ちひろが見たのは、歩き回るとわかっていたのに入江がヒールの高い靴を履いてきた日だと思う。挙句、足を挫いたと言い出した」

「……え？」

「だから仕方なく腕を貸しただけだ。本当に、何もない」

掴んだ両方の手を、諒が持ち上げる。そして私の爪の先にキスをした。それから、薬指に光る婚約指輪にも。

「どれだけそばにいたと思ってる？　今更、他の女なんか目に入らない」

こつ、と額が合わせられた。涙で歪んだ視界でも、彼の目が真っ直ぐに私を見つめているのがわかる。

「お前が好きだ。ずっと好きだった」

……本当に？

その言葉は、諒の口の中へと吸い込まれた。

にして、指を絡ませられる。

手が離れたかと思うと、片手が私の背中を支えた。もう片方は手のひらを合わせるよう

「ん、んっ」

くちゅ、ちゅる、と舌を舌で撫でまわされ、唾液をすすられる。私の手を掴んでいた

そして、ゆっくりと、背後に倒されていく。

「ちひろ、なんで俺に会いたかった？　なんで泣いてる」

涙の痕を唇で辿りながら、諒が呟いた。

「聞かせてくれ、頼む。もう、お前が欲しくて欲しくて、おかしくなりそうだ」

苦しげな、掠れた声での懇願だった。顔中にキスを繰り返しながら、時折欲情まみれの熱い吐息を私の肌に吹きかけ、「ちひろ」と呼ぶ。

……なんで、会いたかった？

そんなの、決まってる。

声に出そうとして、唇が戦慄いた。そうしたらまた、鼻の奥がツンと痛んでじんわりと瞼の奥が熱くなる。

喉が詰まったような苦しさを感じながら、どうにか言葉にした。

「諒が、好きだから。他に、理由なんてっ……」

私の言葉を、諒がどれだけ待っていたのか。

それは直後、貪るように重ねられた口づけで教えられた。

深く合わせ、角度を変えて何度も何度も繰り返し、時折吐息混じりに私の名前を呼んでは、また唇を重ねる。

濡れて擦れた唇の薄い皮膚が、ジンと熱くなる。すると今度は、酷使した唇を労るように舌で舐めた。

片手は指を絡めたまま、シーツの上に押し付けられる。

長いキスにくらくらと眩暈を感じた。息が苦しい。それでも——

気持ちが通じた後のキスは、それ以上に熱く心を満たしてくれる。距離を置かれて寂しかった、その分も埋めてほしくて……もっともっと、重ねていたい。

「……もっと、して」

私がそう言った途端、ぱちんとスイッチが切り替わったみたいに諒の目から理性が消えた。

「んっ」

噛みつくように乱暴なキスで、ふたたび唇を塞がれる。すぐに舌が押し込まれ、大きく口を開かされた。

「……舌出せ」

互いの荒い息遣いが寝室に響く。キスの合間にそう乞われて、言われるままに唇から舌をのぞかせると、彼の唇が吸い付いた。

「んんんんっ」

じゅぶ、と唾液の音をさせながら私の舌を嬲(なぶ)る行為は、まるでセックスそのものだ。

弱点を押さえられた獣みたいに、身動きが取れなくなる。そのくせ気持ちよくて、無意識のうちに身を捩(よじ)り背中が浮いた。そこに、諒の手のひらが潜(もぐ)り込む。ワンピースのファスナーを一番下まで下ろし、腰から私の素肌に触れた。

ぴく、と身体が反応する。

腰から背中へ、私の肌の感触を確かめるみたいに、大きな手のひらが這(は)い上がっていく。下着のホックを外され、胸が締め付けから解放された。

ワンピースの布地を身体から剥(は)ぐように、背中から肩へと手のひらが撫でていく。そのままワンピースの上衣を下ろされた。

胸元はもう、肩紐だけでひっかかっている下着でかろうじて隠されているだけだ。それもすぐさま、ずり上げられた。

「……んんっ」

胸の膨らみを、彼の手が包む。指が既に硬くなっていた頂(いただき)に触れた。ぴりりと甘い痺(しび)れがそこから身体に波のように流れる。

舌は未だにとらえられたままで、まともな声も出せない。私の舌を吸い上げた唇の中で、彼の舌が私のそれをちろちろと舐める。

その間も、指先が優しく私の胸の先を弄んでいる。両方から襲いくる快感にわけがわからなくなった。

「んっ、んっ……あんっ」

じゅる、と最後に唾液をすすられ、ようやく舌が解放される。身体の力が抜けてしまって、かくんと横を向くと、その首筋に彼が顔を埋めた。

「ちひろ……」

肌に触れる吐息が熱い。首筋から耳へ、じっとりと舌が這った。私の胸を弄りながら耳朶を啄み、耳の縁を唇で挟むようにキスを繰り返す。彼の荒い息遣いが頭の中に響いた。

「……好きだ」

ぞくぞくっとして、背筋がしなった。驚くほど身体が素直に反応する。

「諒……っ」

信じられないくらい、甘い声で名前を呼んでしまった。友達だった頃には考えられないような自分の声に、羞恥心が生まれる。だけど、そんなものはすぐに、彼の手で与えられる快感の中に紛れて消えた。

諒が私の胸にキスをする。

焦らしたり、追い詰めたり、そんな駆け引きなど一切ない。理性がぶっ飛んで本能のままに、貪られている。

……熱い。

膝から太ももへとワンピースの裾を乱していく諒の手も、胸の膨らみを味わう舌も、肌にかかる吐息も、熱でもあるんじゃないかと思うくらいに熱い。

柔肌をくすぐっていた諒の唇が、胸の頂で小さく震える蕾に触れる。次の瞬間、口の中に収められてしまった。

「ああっ」

熱い口の中で舌をこすりつけられ、歯を立てられる。

ぞくぞくと迫り上がる快感に喉がのけ反った。

「あ、あ……」

唇で私の胸の愛撫を続けながら、片腕が私の腰を抱き上げる。もう片方の手で腰で絡まっていたワンピースを脚のほうへと脱がし、下着も一緒に全てはぎ取ってしまった。

流れるような手つきにちょっと腹が立ったのは、彼にその経験を積ませた過去の女性に対する嫉妬だろうか。

……私も大概、嫉妬深い。

でも今は、彼は私だけを見ていて、私だけのものなのだと信じられる。

彼の目が、あまりに深く私を見つめるから。

「……諒？」

私を見つめながら、諒が一度愛撫を止め、上半身を起こした。彼はネクタイこそ外しているけれど、未だワイシャツを着たままだ。

私だけ素っ裸になっている事実に気がついて、急に恥ずかしくなる。両手で胸を隠し膝を揃え、身を縮めた。

「……綺麗だな」

「あんっ……」

彼の手が、立てた膝をそっと指でくすぐった。それだけで、びくりと身震いしてしまう。

そうやって私の膝と脚を撫で、うっとりとした目で眺めながら、片手で自分のワイシャツのボタンに手をかける。

ぷち、ぷちと上から三つくらいボタンを外して、その後は面倒になったらしい。

強引に開いて、上半身裸になる。確実に今、ボタンがひとつかふたつ飛んでいった。

「ちょっ……諒……」

呆気に取られる暇もなく、彼が覆い被さってくる。唇、顎、首筋、胸へと噛み痕を残すようなキスをしながら、彼は私の膝を割り脚の間に身体を収めた。

まるで獣だ。

強引に、力強く。そのくせ指先は優しく、私の身体を開かせる。

胸に口づけ、頂(いただき)を舌で転がすように愛撫しながら、手が脚の付け根へと下りていく。

まだ、肝心な部分に触れられてもいないのに、彼の舌遣いに、指先の触れ方に、愛撫を期待して下腹部が鳴いた。

「ああっ！」

とろ、と蜜が染み出すのがわかる。濡れた茂みを彼の親指がくすぐると、間接的に秘所に触れられているようでじれったい。

胸から腹部へ、キスが下りていく。

敏感な部分から少し離れたせいで刹那的(せつなてき)に理性が戻ってくる。

……諒が、私に触れてる。

少し前なら、信じられないような出来事だと思いつつ、そっと自分の身体を愛でる彼を見下ろした。ずっと、柔らかそうだと思っていた髪に触れてみると、やっぱり柔らかい。

その間にも腰骨や下腹部に口づけられ、歯を立てられて、「はあ……っ」と熱い吐息が零(こぼ)れた。

ぼんやりと諒を見つめていると、私の脚の間で彼が少しだけ顔を上げる。ぱちりと目が合う。

「あ……」

愛撫を受けているうちに、気づけば大きく開かされた脚の間に、諒が顔を埋めようとしている。

ふいに現実を認識し、かあっと羞恥心（しゅうちしん）に襲われるのと同時に、彼の舌が私の秘所に触れた。

「あああああんっ」

今までで一番声を上げた。抗（あらが）いようもなかった。

ぐちゅぐちゅと舌が濡れた襞を舐め上げ、時に深いキスをするように舌を遊ばせる。唇で啄（ついば）み、尖らせた舌先が蜜を掬（すく）った。

「やだ、やあ、あんっ」

「……どろどろだな」

「やあんっ！」

羞恥心（しゅうちしん）を煽（あお）りたいのか、それともごく自然に零（こぼ）れた感想なのか、どっちにしろ耐え難いほど恥ずかしい。

舌が上に向かって割れ目をなぞり、一番端に辿り着く。自分でももう、わかっている。快感を得るためだけのその花芽が、既にじんじんと熱を持って硬くなっていることを。

ふっ、と息を吹きかけられただけで、身体が跳ねる。今その花芽に触れられたら、もっとおかしくなりそうだ。

だけど、触れてもらわなければ、きっといつまでもこの熱は収まらない。

「……諒ぉっ……」

恥ずかしいのに、触れてもらわずにはいられなくて、酷く甘えた声になってしまう。ひく、ひく、と下肢が期待に痙攣（けいれん）する。それに応（こた）えるように、彼が唇を開き花芽に強く吸い付いた。

「ひあああああっ！」

身体が震え、のけ反る。音がするほど花芽を吸われ、口の中で舌をこすりつけられる。痛いほどの刺激に頭の中が真っ白になった。

苦しいのかもっと触れてほしいのか、わからない。だらしなく口を開いて喘（あえ）ぎながら、ぼろぼろと涙を零した。身体が硬直し、言うことをきかない。

やがて強く嬲（なぶ）っていた舌が少し優しくなった。

「ああ、あふ、ああ」

吸い付くのをやめ、舌で優しくころがしてくる。円を描くようにくるくると舐めるそれは、強すぎる快感を味わった後のせいか、染み入るように心地よかった。身体がその快感を素直に受け入れ、あっという間に昂（たかぶ）り始める。

　くちゅ、くちゅと優しい愛撫を続けながら、諒の指が割れ目をなぞりゆっくりと蜜の中を潜り込んでくる。

「ひう、ああ、ああ……っ」

　膣壁を撫で軽くほぐした後、くるりと手のひらを上に向けると花芽の裏側を押し上げるように擦り始めた。外の花芽は舌が捕らえて離さない。中と外を同時に愛撫され、ぐうっと背中がのけ反った。

「あぁ！　あっ！　あああああ！」

　昂った熱がはじけた瞬間、がくがくと身体が痙攣する。爪先が伸び、きゅうっと膣壁が彼の指を締め付けた。

「……ちひろ」

　ひくん、ひくんと身体を震わせて快感に身を任せていると、脚の間から彼が身体を起こした。

　中に収まっていた指が、軽く抜き差しを繰り返しながらゆっくりと外へ出ていく。水音とともに私の中が空っぽになる。私は秘所の疼きを感じながらも、動けずにいた。

　諒が一度ベッドから離れる。戻ってきたときには四角い避妊具の包みが手の中にあった。

　ぴりり、と包装を破くような音がして、彼が覆い被さってきたのはそのすぐ後だ。

涙と汗でぐちゃぐちゃであろう私の目尻や額に何度もキスをしながら、諒が私の顔の真横に肘をつき、伸しかかってくる。

恍惚（こうこつ）としていた頭が、指の代わりにあてがわれた硬い熱に少しだけ覚醒した。

こつん、と額を合わせられる。すぐ目の前にある諒のブラウンの瞳が揺れていた。じっと、私を見つめて、最後の許しを乞うているのかと思ったけれど、違った。

「ちひろ、俺だけ見ていろ」

言いながら、ぐうっと熱で私の身体を押し開く。目を合わせながら繋がることで、私が誰に愛されているのかを知らしめているようだと思った。

「あぁぁ……」

繋がりが深くなればなるほど、声が絞り出される。泣き出したい衝動に駆られ、顔を歪めた。

「諒っ……諒っ……」

手がシーツの上をさまよい、私を囲う彼の腕に辿り着く。気づいた彼が、しっかりと手のひらを合わせ指を絡めてシーツに押し付けた。

ずん、と一番奥まで彼が辿りつく。内側が熱く、痺（しび）れるような圧迫感に、「あぁぁ」と甘い声が零（こぼ）れた。

深く繋がったまま、彼はしばらく動かずに私の顔中にキスを落とす。

吐息混じりで熱い、けれど優しい口づけ。

「どうして泣いてる」

掠れた声が私に尋ねる。

「わかんない……でもなんか泣けてくる……」

「嫌だったか……?」

尋ねながら諒がキスで涙を拭った。その言葉に、くすりと泣き笑いの表情を浮かべてしまった。ここまで強引に迫っておいて、何を今更。

「幸せすぎて困る。……お願い、ずっとそばにいて」

こんな幸せを知ってしまったら、もう二度と手放せない。泣きながら彼の首に両腕を巻き付ける。すると、彼がぎゅっと眉を寄せて強く口づけてきた。

「んうっ……は……」

「誰が離れてやるか」

怒ったような口ぶりだった。それだけ言うと再び深く唇を合わせ、身体を揺らし始める。

最初は優しく、だけどすぐにその律動は激しくなる。身体が離れてしまいそうなくらい、ぎりぎりまで引き抜くと、一息に私の奥を突き上げた。

「んんっ、ふぅっ……んん……っ」

喘ぎも吐息も呑み込まれ、私の全てが彼に食べられていく。

重い衝撃を奥で受け止めるたび、熱の波が広がり全身を甘く痺れさせた。

諒の手が私の膝を持ち上げ、肩に引っかける。両脚をそうされてしまえば、もう私自身の力では身動きが取れない。

「……ちひろ」

その体勢で一度静止し、諒が唇を解放する。私は、はあ、と大きく息を吸い込んだ。

どうしたのだろう、と思っていると、彼がまた甘やかすような優しいキスをしながら、腰をゆっくりと離していった。私は下腹部の喪失感に身もだえする。

「ああ……諒ぉ……っ」

堪えきれず、ねだるような甘えた声を出してしまう。

すると、身体が完全に離れてしまう前に、彼は上からねじ込むようにして一番奥をえぐった。

「ひあっ！　ああっ！　うあっ！」

暴力的なまでに奥を激しく何度も突かれた。悲鳴を上げながらも、身体は確実に昂り、感度は増していく。

子宮の入口に熱を押し付けられたまま、前後に大きく揺すられて頭の中でちかちかと星が飛んだ。

てはきゅう、と膣が収縮し、とろとろと絶えず蜜が溢れる。それを彼の熱にかき混ぜられては、また溢れた。

「ああ、やん！　やめ、ああっ！」

「ちひろっ……もっと啼け」

「あああああ」

摩擦され続ける粘膜が、じんじんと疼いて熱い。今にも溶けてしまいそうで、恐ろしい。なのに、腰が勝手に彼の動きに合わせて揺れる。

もっと奥を、もっと突いて、とはしたなくねだる腰に、私はまた泣いた。

膣が小刻みに痙攣し始める。高められていく快感が私の背筋を反らせ、高く掲げた両脚がふるりと震えた。

「だめえ……りょおっ……」

助けを求めるように両手を伸ばせば、諒が私の首筋に顔を埋めて強く抱きすくめる。

子宮に一際強い衝撃を受けた直後、全身を激しく痙攣させ、悲鳴を上げて私は果てた。

「ひ、あ、あっ……」

余韻がなかなか消えない。お腹の奥で、彼の熱もどくどくと脈打っているのがわかる。

「……ちひろ」

抱きしめられたまま耳に優しくキスをされ、ぴくんと小さく身体が跳ねた。

「一生離さない」

束縛の言葉を囁かれ、深く安堵しつつも私の意識は遠ざかっていった。


ふっと目が覚めると、心地よい体温に包まれて髪を撫でられているところだった。視界に入った人肌と、その身体の向こうに見える見慣れない壁紙に、一瞬自分がどこにいるのかわからなくなる。

……ああ、そうだ。パーティの後……

激しく愛し合ったことを思い出した。

諒の手が、サイドの髪を指で掬っては、ぱらぱらと落としている。アップに結い上げていた髪は、いつのまにかすっかり解けてしまっているらしい。

「……諒」

「ん……起きたか」

髪で遊んでいた手が、首筋から髪の中に潜り、私の顔を上向かせる。ちゅっ、と目と目の間にキスをされた。

「ごめん、だいぶ寝てた？」

「いや、三十分くらいか。悪かったな、加減がきかなかった」

優しい手とキスに、恍惚としてしまう。甘えるようにすり寄れば、微笑んだ諒が唇を重ねてくる。

最初はゆっくり、啄むような柔らかなキス。そのうちすぐ、舌を絡ませるようになって――

途中で諒がくすりと笑った。

「きりがないな」

「ん……」

諒の身体に抱き着いて、とろりとした時間に身を委ねる。確かに、きりがない。肌を重ねていれば、もう何も言うことはないくらい幸せで。こうしていることが、とても自然なことに思えた。

「……ねえ、諒。なんで、すぐに言ってくれなかったの」

「何が」

「……期間限定とか言わないで、ちゃんと言ってほしかった」

そうしたらこんな回り道をしなくて済んだんじゃないだろうか。

ところが、諒は、はは、と乾いた笑いを漏らした。

「……お前、よく言えるな」

「え？」

「散々、人のアピールをスルーしておいて。言っとくが、徹底して人をただの飲み友扱いしてきたのはお前のほうだからな」

そう言いながら、諒の身体がふたたび私の上に伸しかかってくる。

「ちょ、諒っ……」

「……振られて友達でさえいられなくなるくらいなら、しばらくはそれでもいいと思っていた。長期戦でいこうって」

諒の身体が熱い。まさかもう一度する気なのかと焦ったけれど、私の額から頭へと髪をかき上げた手はとても優しかった。

それに、私を見る目がとても真剣で切なくて。

「それなのにお前は婚活アプリになんか頼りやがって」

「ご、ごめん……」

「あれでかなりキレたな」

「いたっ」

突然、がぶっと鼻の頭に噛みつかれた。鼻の先を手で押さえると、今度は耳だとか首筋だとか、色んなところに歯を立てられる。

「ひゃっ、あっ、いたっ、やだって」

そのうち、肌にぬるりと舌の感触が伝わってきて、また身体の熱を呼び起こそうとしているのがわかった。

「あんっ、待って、諒……喉が渇いたっ」

さっき、散々喘がされたからか、喉がヒリヒリ痛いし、口の中もカラカラだ。諒の身体を押し返しながら抗議すると、少しだけ身体を起こしてくれてほっとした。

水が飲みたいのも本当だけど、それ以上にこのまま二度目の行為に雪崩れ込むのは身体がきつい。誰かと身体を重ねたのは、かなり久しぶりだった。

……あんなに激しく貪られたのは、初めてだけど。

ともかく、今日はもう無理だ。

諒がベッドサイドの小さなテーブルに手を伸ばす。そこには、いつのまに持ってきていたのやら、水のペットボトルが置いてあった。

それを私にくれるのかと思ったら、なんと諒は自分の口に含んだ。

「りょ……んんっ」

直後、口を塞がれて冷たい水が流れ込んでくる。唇の端から零れないようどうにか飲み干すと、諒の舌が唇を舐めた。

「もういっかい、か?」

くす、とちょっと意地悪な笑みを浮かべ、ふたたびペットボトルの水を口に含む。

いや、そうじゃなく普通に飲ませてよ、と思いながら、ふと似たようなことが前にもどこかであったような気がした。

「あ、あれ？　前にもこんなことなかっ……ん」

白昼夢だろうか。もう、うまく思い出せない。

口移しで与えられる水を飲み干したら、今度は舌を絡めるキスに変わった。

やっぱり既視感が拭えなかったけれど、そのまま諒にゆっくりと奥まで貫かれ、すぐに何も考えられなくなってしまった。

＊＊＊

七月初旬。

今日は私たちの結婚式だ。

式の参列者と披露宴のゲストは家族と職場の同僚、友人の他は、ごく親しい親戚だけにしてもらった。詳細に言うと、三親等までだ。

きっちりそう言っておかないと、あの遠縁のアラフォー男に祝いの席で『女は若いのに限る』などと高らかにほざかれかねない。

呼ばれて花嫁控え室から出ると、介添えの女性がチャペルの入口までベールの裾を持って案内してくれた。

ドレスの試着をした日、すすめられたオーダーメイドのベールだ。

私はあの日断ったはずなのに、諒が後から頼んでおいたらしい。柔らかく繊細なレースのベールを、指でそっとつまんで持ち上げる。

あのときは、結婚の思い出になってしまうものが手元に残るのは苦しいだけだと思ったから、いらないと言った。

でも今は——

「……綺麗」

嬉しくて、顔が綻ぶ。もう、怯えなくていいのだ。

諒とふたりでいつか思い出して、幸せに浸れる思い出になると信じている。

チャペルの観音開きの扉の前に、父が立っていた。相変わらず四角くて頑固者の顔だ。

「ふん、これでやっと片付くな」

「……どうも遅くなりました」

こんなときくらい、その憎まれ口をたたかないでいられないのかしらと思う。

扉が開くまでの間、重い沈黙が続いた。まだだろうか。時間が経つのがやけに遅いと感じ始めたときだった。

「……いい男を捕まえた。安心して嫁に出せる」

ぽそ、と父が呟いた。私に対してはいつも否定的なことしか言わないのに、よほど諒のことが気に入ったのだろう。

同時に、いつまでも男っ気のない娘を父なりに心配していたのかもしれないと感じて。私も少しだけ、素直になろうと思った。

「……お父さん」

もうすぐ扉が開く。向こうには、たくさんの参列者がいて赤いバージンロードの先には、諒が立っている。

ぎぃ、と扉の蝶番が軋む音が聞こえたとき、前を向いたまま呟いた。

「育ててくれてありがとう。心配ばかりかけてごめんなさい」

父の腕に手をかける。扉が開き切ったら一緒に歩き出さねばならない。それまでに何か嫌味でも返ってくるかと思ったのに、全くの無反応なのでちらりと横を見た。

「……お父さん」

「なんだ」

「……いえ、なんでもない。うん」

父の目は、真っ赤に充血してウサギみたいになっていた。

厳かなパイプオルガンの音色が流れる。父と一緒に歩き始めたバージンロードの先には、グレーのタキシードに白のネクタイを締めた諒の姿があった。

胸元には、私のブーケから抜いた白薔薇のブートニア。近づくほどに、諒の姿がはっきりと見えなくてはいけないのに、涙が滲み輪郭がぼやけてしまう。

諒の前まで辿り着き、父の手から諒の手へ委ねられる。彼を見上げた拍子に、ぽろりと一粒、涙が零れてしまった。

これから神様の前で愛を誓う。

こんな幸せな気持ちで神様の前に立つとは、ほんの少し前には思ってもいなかった。

偽物の愛を手に、形だけの式を挙げるはずだった。なのに、今、私の心は温かな感情で満ちている。

それは、私の中から溢れているものであって、諒から与えられているものでもあって。

気持ちが溢れるほどに、涙も溢れる。

誓いのキスをする頃には、すっかり涙でぼろぼろになって、ベールを持ち上げた諒が苦笑いをするほどだった。

「泣きすぎだ」

「止まらなくて」

見かねた誰かが、ティッシュかハンカチを持ってきてくれないだろうか。

そう思った直後、諒が唇で涙を拭ってしまった。

「……りょ、諒、待って」

「この先ずっと、いつか死がふたりを分かつまで、お前の涙は俺が拭ってやる」

そうして神父様の合図も待たずにフライングした誓いのキスは、神様の前にしては濃厚すぎるものだった。

驚いて目を見開いたけれど、すぐに諦めて目を閉じる。

彼が誓ったように、私もまた、神様に誓った。

健(すこ)やかなるときも病めるときも、死がふたりを分かつまで、私を泣かせるのも笑わせるのも、諒ひとりだけ。

大好きすぎて嫉妬(しっと)するのも、幸せすぎて寂しくなるのも、愛しすぎて泣きたくなるのも。

全てあなたにだけだと誓った。

執愛フレンズ

穏やかで明るく、誰に対しても態度が変わらない。見ていて気持ちが良い。

俺——高梨諒は、ちひろのそんなところが気に入っていた。

俺に対しても変に色目を使ったりすることがないから、気楽に飲みに誘うことができる。

ただ、穏やかそうに見えて案外、沸点が低いときもあって。

ただ大人しいだけじゃないとわかったら、それもまた好印象だった。もちろん、女としてではなく、気兼ねなく付き合える友人として。

そんな認識だった俺が、最初に彼女を〝女〟だと意識したのは、ちひろから彼氏ができたと聞かされたときだった。

ふたりでバーで飲んでいるときに、照れた表情で報告された。別になんてことない報告のはずなのに、自分でも理解できない焦燥感に襲われた。

『へー……どんな奴？　一度会わせろよ』

動揺して、そんなセリフが口をついて出た。どうにか顔だけは平静を装えていたと思う。

『何それ！　友達の彼氏チェックみたい』

ちひろはそう言い、シシッとあまり女らしいとは言えない顔で笑った。いつもよりちょっと粗野に見えるのは、照れ隠しだろう。それが逆に、初めて見る〝女〟の表情に見えた。

『それだよ、それ。いい男か俺がチェックしてやる』

『いや、普通、女友達がすることでしょ』

そう、友人として心配なだけだ。ちひろは人がいいし、何かと騙されやすい気がする。相手がちゃんとした男だと確認できれば、この妙な焦燥感も落ち着くだろう。

最初はそう、結論づけていた。それなのに――

ちひろは、ろくな男を捕まえない。女癖が悪かったり、金遣いが荒くてカードローン地獄の真っ最中だったり。しかも、どちらも軽く脅しただけで簡単にちひろに別れを告げた。それがどうにも我慢ならなかった。そんな男のためにちひろが泣くのも腹立たしい。

その感情が、これまで付き合った女に対するものよりも強いことに気がついたのは、いつだったか。

傷心につけ込むことはしたくない。居心地のいい飲み友達として、ちひろが俺を認識しているうちは、そのままでもいい。

ただ、三人目の彼氏は作らせない。その間に、ゆっくりと、相談役から男として意識させるようにシフトチェンジしていこうと思っていたのに。

実家の事情があったとはいえ、ちひろが婚活アプリなんてものに頼ったと知ったときは、少々怒りを覚えた。

そんなものに頼るほど焦っていても、俺のことは意識すらしないほど対象外なのか。それなら多少強引にでも意識するように仕向けてやる。そう決めた俺にとって、ちひろの実家の問題は好都合だった。


「ちひろ。起きられるか？」

水を欲しがる彼女を起こして飲ませようとしたものの、頭を上げることもできないらしい。仕方なく、口移しで水を飲ませた。

初めて触れたちひろの唇は柔らかく、なのにぴりりと痺れるような感覚が全身に広がる。酔ってわけがわかっていないのだろう、ためらいなく唇を開き与えられるままに飲み込む様子に、庇護欲が掻き立てられた。

同時に、溢れんばかりの劣情も。それでも、そのときはどうにか耐えた。

濡れた赤い唇から、熱い吐息と水が一筋零れる。上気した薄桃色の肌に煽られ、手を伸ばした。額に張り付いた髪をよけてやり頬を撫でると、その手にすり寄って甘えるような仕草を見せる。

……相手が俺だと、わかってないな。

そんな状態の彼女に触れたところで意味がない。だからどうにか欲望を噛み殺そうとしているのに。

「さっきの水、もういっかい」

呂律の回っていない口調が、誘っているように聞こえた。閉じたままの瞼を縁取る睫毛が、微かに震えている。

心臓がどくんと大きく脈打ち、身体の芯が熱くなる。ふたたび水を口に含んだときにはもう、理性なんかぶっ飛んでいた。水を飲ませて、舌を絡めて肌に触れる。

――酔って前後不覚の女に、何をやってる。

頭の片隅に残っていた理性の欠片がいやに冷静な意見を述べてくるが、次の瞬間、ちひろの唇から漏れた甘い声にかき消された。この夜のことを、ちひろは覚えているだろうか、忘れてしまうだろうか。正直、どちらでも構わなかった。

――もう、引き返せない。

強引に理由をつけて、結婚に持ち込んだのだ。友達結婚など、適当な造語に過ぎない。

このまま友人の立場に甘んじるつもりはなかった。

これから毎日、甘やかして、触れて、搦め捕って……無理やりにでも振り向かせてみせる。

そうできるという、自信があった。

「私は、諒のセフレになればいいの？」

そのセリフに、頭から冷水を浴びせられたように、急速に目が覚めた。自分の荒い息遣いが、空振りの欲望に塗れてむなしく響く。俺の下で肌を赤く染めたちひろの目は、肌以上に真っ赤に充血して涙の膜ができていた。肌に触れさせたままの自分の手が、罪深いものに見えてくる。

ちひろは弾む息で胸を上下させながら、泣き出しそうな表情で俺を睨んでいた。

——そんなに、俺が嫌か。

ちひろは、俺との〝友達〟としての距離感を守ろうとしているのだ。俺が必死で詰めてきた距離を、なかったことにしようとしている。

ちひろにとって、俺はまだ友人のひとりにすぎないのだ。

それに気がついたら、それ以上ちひろに触れることはできなかった。たとえ、欲望の熱が出口を探して身体中を駆け巡っていたとしても。

脚に力が入らない様子のちひろをベッドまで運んだ後、部屋付きの浴室でシャワーを浴びた。

だが、身体の奥で熱は燻（くすぶ）ったたままだ。そんな状態で、ベッドに横たわる彼女を視界に入れるべきではない。

仕方なく、静かに部屋を出た。

手のひらに、ちひろの肌の感触が生々しく残っている。息遣いも、甘い声も、唾液の甘さも、頭の中から離れない。

あんな悩ましい声で啼（な）いたくせに、あんなに敏感に反応していたくせに。

ちひろの中では、俺はまだ友人のひとりのままなのか。

一緒に暮らし始めてから、ずっと態度で示してきたつもりだった。俺を男として意識するように仕向け、とことん女扱いをした。ただの友人だったときにはしなかった接し方に、いちいち驚いたり狼狽（うろた）えたりする彼女の反応を見るのも楽しかった。

そうやって少しずつ、ちひろの中で、俺が男だという認識が強くなればいい。

甘い空気に誘い込み、尻込みすれば逃がしてやり、を繰り返しながらじっくりと確実に距離を詰めているはずだった。うまくいっていると、そう思っていたのに。

期待していた反動か、我慢の限界だったのか。初めてちひろに触れた夜よりも、二度目のほうが途中で自分を抑え込むのが難しかった。一度外れかけた箍（たが）は、すっかり緩みやすくなっていて、ちひろと顔を合わせただけで触れたくなる。衝動を抑える自信が、なくなっていた。

もう二度とあんな風に、泣かせたくない。今は一度距離をおいたほうがいいだろう。そうしないと、またちひろを傷つけてしまいそうだった。

それに、そのほうがちひろも安心するはずだ。

そう考えて、旅行から帰った後は仕事を詰め込んだ。今までは家でしていた仕事も職場で済ませてから帰るようにし、それでも早いときは、飲みに出る。

また、いつものバーに通う日々になった。

「いいんですか？　やっと捕まえた奥さんを放って」

バーカウンターの向こう側で、マスターがグラスを磨きながら声をかけてくる。

「また以前みたいにおふたりで来られたらいいじゃないですか」

グラスを揺らして氷を溶かしながら無言を貫いていれば、マスターもそれ以上追及してはこなかった。

ちひろを傷つけないためにこうしているのに、ふたりで飲みに来たりすれば確実に襲いかかってしまう。

今朝、ちひろが仕事に出るとき、玄関先で今日も遅いのかと尋ねてきた。そのときの表情が少し寂しげで、早く帰ってやりたいと思った。

だが。

「……人の気も知らないで」

あんな無体を働いたというのに、ちひろは俺をまだ心のどこかで信用しているんだろう。友人から外れることは嫌がるくせに、やけに無防備な顔をする。

その信頼を裏切ってはいけない。そう思うのに、嬉しそうに微笑まれたりしたら、きっと我慢がきかなくなる。

彼女に触れて知った、キスをしたときの潤んだ瞳も、怖がりながらも快楽に浸って染まる肌も、しがみついてくる小さな手も、全部が俺を煽って……

「……くそっ」

思い出しただけで身体に火がつきそうになって、くしゃりと前髪を乱したときだった。

「お隣、いいですか？」

女の声がして、グラスから目線を上げる。すらりと背の高い、キャリアウーマン風の女がこちらを見て微笑んでいた。

すっと視線で店内を見回す。時刻は、夜十時を過ぎた頃だ。店内は少し賑わってきていたが、他に席がないわけでもない。だが、女の手はすでに俺の隣のスツールにかけられていた。

「バーとか慣れなくて、ひとりで飲むのは気後れしてしまうんです」

ふふっと笑った女は、自分に自信があるのだろう。髪をかき上げて媚びた視線を投げてくる。確かに美人だが。

――本当に気後れしている女が、カウンターでひとりで飲んでいる男に声をかけるわけないだろう。

腹の中で毒づきながら、こちらも笑った。

「……どうぞ。マスター、こちらの女性に好きなものを」

「あら、私そんなつもりじゃなくて」

「遠慮せずにどうぞ」

嬉しそうに頬を染めた後、マスターにマルガリータを頼んだ彼女は、カクテルができるまでしきりにこちらに話しかけてきた。俺は適当に相槌を打ちつつも、右から左へ聞き流しマスターの手元ばかり見ていた。手際よく作られたマルガリータが、ことんと女性の前に置かれる。

それを待っていたとばかりにわざとらしく、スツールから立ち上がった。

「それでは、ごゆっくり。マスター、支払いを」

女が、ぽかんと目を見開く。間の抜けた顔だな、と思った。同じ表情をしても、なぜかちひろがすれば可愛らしく見える。気取ったところが全くないからだろうか。

「あ、あの。ごめんなさい、もしかしてお急ぎだった？」

支払いを済ませていると、女が笑顔を取り繕ってまた話しかけてくる。

「いや、そういうわけではないが」

「でしたら、もう少しご一緒させてもらっても……あ、場所、変えられます？」

……空気の読めない女だな。

慌ててスツールから立ち上がろうとする女に、つい冷ややかな目を向けた。どうにか口元は笑ってみせたが、隠し切れなかったのか、女がぴたりと動きを止めた。

「ここのマルガリータは、美味いそうですよ。妻も好んでいるので」

「え」

「どうぞゆっくり味わってから帰られては？　もったいないですし」

女の質問には答えずにそう言うと、マスターに軽く片手を上げて店を出た。

身体の熱は、あの日から小さな種火を残していて、ささいなことで再燃しそうになる。だけど、誰でもいいわけじゃない。ただ女が欲しいわけではないのだ。目を閉じれば、浮かんでくるのはちひろの悩ましい姿ばかり。

ちひろが起きている時間にはとても帰れそうになかった。

「……は？」

思わず眉をひそめた俺に、マスターが同じ言葉を繰り返した。

「ですから、奥様が来られましたよって」

「何しに？」

「何って、飲みにですよ。バーなんですから」

不機嫌さをがっつり顔に出しているだろう俺に、マスターは呆れた様子で肩を竦める。

今日は本当に忙しくて、それでもまっすぐ帰るには時間が早く、いつもの時間より少し遅めにバーを訪れた。聞けば、今夜はちひろが久々に来ていたという。

「……誰と？」

「おひとりですよ」

「飲みすぎたりは……」

「ほろ酔い程度でちゃんと帰られました」

ほっと安堵の息を吐いた。

それと同時に、一日の疲れが一気に襲ってくる。

今日は、現場の見学とクライアントとの打ち合わせで歩きまわることがわかっているのに、入江がヒールの高いパンプスを履いてきていた。いつもスタイルの良さを見せつけるような格好をしていることが多いが、仕事のときは適したものを選んできてほしいものだ。

案の定、途中で足を挫（くじ）いただの痛くて歩けないだのと言い出した。

『高梨さんっ、待ってくださいってば』

『今日はもう会社に戻れ』

　これでは余計に時間を食ってしまう。だからそう言ったのに、入江は帰らなかった。仕事を放棄しない、と格好いいことは言うのだが、それならこっちの足を引っ張らないでもらいたい。

　移動手段をタクシーに切り替えたものの、最後のほうはよほど痛みが強かったらしい。あと少しで会社、というところでひょこひょこと足を引きずりながらついてくる入江に、仕方なく声をかけた。

『……掴まれ。あと少しだ』

『あ……ありがとうございますっ』

　あれさえなければ、もう少し早く終わっていたかもしれない。そしたらちひろと会えたかも……いや、会わなくて良かったのだ。酔った状態で一緒に家に帰ったりすれば、距離を置いている意味がなくなる。

「申し訳ないが、また妻が来るようだったら、教えてくれ」

　マスターに携帯番号を書いた名刺を差し出した。

「ああ、合流されますか？」

「いや。俺は仕事が忙しくなりそうだから、念のため連絡をもらうだけで……ただ、飲みすぎないようセーブしてやってほしい」

「……それは、構いませんが」

また飲みつぶれやしないかと心配する反面、ちひろがひとりで来ていることにほっとする俺は、嫉妬深い男だと思う。今まで誰と付き合っても、ここまで執着することはなかった。

今はまるで、独占欲の塊だ。

その独占欲が、ある日小さなことで爆発した。マスターにちひろのことを頼んでしばらく経ったある日——ちひろとふたりで出席するパーティを明日に控えた、木曜の夜のことだった。

『今日もおひとりだったんですが、後から会社の同僚らしい男性が来られまして。奥様、少し強めのカクテルを飲んでいらっしゃるので、念のため連絡しました』

残業の途中でそうマスターから連絡があり、残りの仕事は持ち帰ることにして急いでバーに駆け付けた。

話に夢中になっているのか、ちひろは俺が店に入ってきたことにも気づかない。近づけば、何か押し問答をしているようだった。

「今日は本当に、お詫びとお礼」

「でも私、仕事しただけですし……」

「いいから奢らせてよ。その代わり、ちょっと酔い醒ましに歩かない……か……」

ちひろの真後ろまで近づいた俺に気づいて、男の語尾が弱々しくなった。酒を奢って、酔い醒ましにどこに連れていく気だ。会社の同僚という話だが、下心満載としか思えない。

「結構だ。妻の分は俺が払う」

自分で思っていたよりも低い声が出た。男の表情は強張ったまま動かない。ちひろは俺の声に反応して振り向いた。

「諒っ？」

見れば、耳や首筋まで赤くなっている。すぐに赤くなる性質なのに、俺以外の男の前で酒を飲むなと、理不尽な苛立ちが湧いた。

店を出てからも、ちひろの手を掴んだまま離さなかった。早足で歩く俺の後ろを懸命についてくるちひろが、戸惑いがちに声をかけてくる。

「あの、諒、今日はもう仕事終わったの？」

「ああ」

平静を装おうとすればするほど、返事が素っ気なくなる。

どうして、あんな下心丸出しの男と？

理不尽な嫉妬だとはわかっているが、どうにもできない。

「ねえ、諒」

沈黙したまま、駅のタクシー乗り場を目指して歩く。あと少し、というところでちひろの声が大きくなった。

「諒ってば、なんで怒るの」

「怒ってない」

「怒ってるよ！」

力いっぱい手を振り払われて、立ち止まる。振り向くと、ちひろが真っ直ぐに俺を睨んでいた。

「会社の人と飲んでただけでしょ、別に変なことでもなんでもないのに！」

「会社の人間でもなんでも下心丸出しだろうが。前から言ってるだろう、お前は男を見る目がない」

「だから！　男とかじゃなくてただの先輩だってば！　あんな態度、伊藤さんにだって失礼だよ！」

ちひろに、その気がないことはわかっている。だが、あの男はどう見たって下心があった。疑おうとしないから変な男にばかり捕まるのだと、ますます苛立ちが増した。それがため息になって表れる。

「お前、だからいつも変な男につかまるんだ」

「なっ……」

「第一、ひとりでこんなに遅くまで飲むな。さっさと家に帰らないからこういうことに」

以前なら、うまく宥めて諭(さと)すことができた。友達を装(よそお)っていたときなら。なのに、今は苛立ちが先行して嫌味じみた説教しか出てこない。そんな俺にちひろも苛立ったのか、突然声を大きくして俺の言葉を遮(さえぎ)った。

「自分なんて、全然帰ってこないじゃない！」

驚いて、口を噤(つぐ)む。ちひろが俺に対して、ここまで険のある声を出すのは初めてだった。ちひろは強く俺を睨(にら)み、ぎゅっと拳を握りしめていた。

「毎日毎日、どこにいるのか知らないけど！　仕事のときもあるのはわかっているけど、そうじゃないときだってあるでしょ。あの店で飲んでるって聞いた！　休みの日も仕事ばっかで寝室にこもりっきりで、私、避けられてるとしか思えないんだけど！　そんなに邪魔？　私がいるから帰らないの？」

徐々に目が充血し、涙の膜が瞳を覆っていく。唇は戦慄(わなな)き、声も震えていた。

泣き出しそうな表情に、息を呑む。

「ご、ごはんも、休みのときしかうちで食べないし。どこで食べてるの、なん、で」

最後は弱々しくなった抗議に、ずくんと身体の奥から熱が込み上げてくる。

何のために、俺がちひろを避けていたと思っている？

もう、あんな泣かせ方はしたくないから、それでも触れたいと思う欲求が溢（あふ）れて仕方ないからだというのに。

ちひろが、全身で寂しいと訴えかけている。

堪（こら）えていたものが、一息に溢（あふ）れ出した。

俺と目が合うと、ちひろは怯えたような表情で背を向けた。寂しいと言いながら俺から逃げようとすることが、許せなかった。

「きゃあっ」

逃げ出されるより先に彼女の腕を捕まえ、目に入った路地に引っ張り込んだ。

「やっ、はなし……痛いっ」

抵抗し、身じろぎをする細い身体を片腕で抱きしめる。もう一方の手で、ちひろの顎（あご）を掴んで強引に上向かせた。

「諒っ」

拒否する言葉を聞きたくなくて、嫌がるちひろの唇を塞いだ。

「んっんん……」

唇も歯の間もこじ開けて、舌を口の中にねじ込むと、上顎（うわあご）を撫でる。嫌がって奥に引っ込んだ舌の付け根をくすぐれば、ちひろの身体がふるりと震えた。

華奢（きゃしゃ）な手が弱い力で俺の服を掴み、引き離そうとする。だけどそんなもの、大した抵抗にならない。ちひろの口内で舌をくすぐり、絡めて誘い出すと、そのまま吸い上げた。

「んっ…んっ……」

彼女を腕に抱きしめたまま、路地の壁にもたれかかる。彼女の抵抗がすっかりなくなるまでキスを続け、最後に下唇を噛めば甘い声が吐息と共に漏れ出した。

「んあ……はぁっ……」

唇を解放すると、ちひろがうっすらと目を開ける。濡れた目で見上げてくる彼女の頬は火照り、艶（つや）を増していた。

唇の端からとろりと垂れた唾液を、舌で辿ってしまいたくなる。どうにかその衝動を奥歯を噛みしめて堪（こら）え、指で拭（ぬぐ）ってやった。

「また襲われたいのか。煽（あお）るようなことばかり言いやがって」

あんな目にあったのに無防備な顔をするから期待してしまう。ちひろにそんなつもりはないとわかっているのに。

無自覚なちひろに腹が立って、つい脅すようなセリフが口をついて出る。

「それなら、このままホテルに連れ込んでやる」

「や……っ」

いや、心のどこかで期待したのだ、このまま流されてくれないだろうかと。

怯える唇を塞ごうと、腰を屈めた。後ずさるちひろの身体を、腰に回した手で掴み、柔らかな丸みを撫でる。

「やだっ……！」

だけど期待は裏切られ、彼女は俺の手の中からすり抜けてしまった。壁にもたれたまま動けずにいれば、振り返ったちひろが怯えた目を向けてくる。

「わ……私」

「ちひろ……」

「きょ、今日は、菜月のとこに泊まるっ……」

自分がしでかしたことの結果でしかない。わかっていても胸が痛み、思わず手を伸ばした。

ちひろはそれを振り切り踵を返して走り出す。咄嗟に追いかけていた。

「ちひろっ……」

彼女がタクシーロータリーに駆け込んだのを見て、それ以上追うのをやめる。強く拳を握って立ち尽くしていると、それほど時間をおかずにロータリーから出てきたタクシーに、ちひろが乗っているのが見えた。

……藤原のところに行くのなら、そのほうがいい。

わかっているから、追わずに見送ったのだ。それでも、酷い喪失感に襲われた。

そのまま俺もタクシーに乗って、誰もいないマンションに戻る。一緒に暮らし始めてから、ちひろのいない夜を過ごすのは初めてのことだった。

彼女を避けてわざと遅い時間に帰っても、部屋にちひろがいる。その事実が寂しさを紛らわせていたのだと気づく。

逆に、ちひろはずっと誰もいない部屋にひとりでいたことに、今更気がついた。

『そんなに邪魔？　私がいるから帰らないの？』

『ご、ごはんも、休みのときしかうちで食べないし。どこで食べてるの、なん、で』

最後は、泣き出しそうなくしゃくしゃな顔をしていた。

俺が距離を取ることで、ちひろを悩ませているなんて考えもしなかった。むしろ、近づきすぎた距離をあけたがっているとばかり思っていた。

煌々(こうこう)と明かりをつけても寂しさの消えないリビングで、ひとり缶ビールを呷(あお)る。酔ったふりをしてみたり、からかうふりをしてみたり……そんな方法ではなく、もっと別のやり方があったんじゃないかと後悔に襲われる。

だけど、好きだと告げて、友達としてしか見られないと言われたら？

その後、ちひろは俺を頼ることはなくなる。友達ですらいられなくなる。だから言えなかった。そう、俺はただの臆病者だ。

コン、と軽い音がして空になった缶がテーブルを転がった。見れば、そのすぐ横に置いてあったスマホが着信を知らせて振動していた。

表示されている『ちひろ』の三文字に、素早く手が動く。あれからちゃんと藤原の家に行けたのか心配になって、何度かかけたが繋がらなかったのだ。ちひろのほうから、かけ直してくれたのなら大丈夫だろう。そのことに心底ほっとして、自分でも驚くほど柔らかな声が出た。

「……ちひろ？」

返事はなかった。ただ、小さく息を呑んだような、そんな息遣いだけが聞こえる。

「藤原のとこに泊めてもらえたのか」

そこでようやく、ちひろの声が返ってきた。

『うん、大丈夫。明日のパーティも行くから、心配しないでいいよ』

掠れた小さな声だったが、泣き声ではなかったことにまたひとつ安堵する。

律儀だなと苦笑いが浮かぶ。パーティのことなど、俺はすっかり頭から抜けてしまっていた。

数秒の沈黙の間、電話の向こうで鼻をすする音がした。

……やっぱり、泣いたのか。

当たり前だ。あんなに怯えさせたのだから。

でも、どんなことをしても離さないと決めたのだ。

「明日、パーティの後で話がある」

『……今じゃなく、明日？』

「ああ。ちゃんと会って話したい」

『……わかった』

たとえ、拒否されても離さない。いつか必ず振り向かせる。

そう決めたのだから、もう自分の気持ちを素直に伝えよう。

――最初から、ちひろは俺にとって友達なんかじゃないのだ、と。

＊＊＊

結局、先に惚れたものの負けなのだと思う。ちひろの行動や表情、言葉ひとつに、俺は簡単に振り回され、一喜一憂（いっきいちゆう）してしまう。

パーティが終わった後のホテルの部屋で、ちひろが俺に会いたかったのだと言ってボロボロと涙を零す。

ちひろの涙に怯えつつも、その涙の理由に一抹の期待を寄せる。

会いたかったから。寂しかったから。距離を置かれて、哀しかったから。

涙でぐしゃぐしゃの顔でそう言うちひろが、信じられないくらいに愛おしかった。女の感情的な様子をそんな風に思ったことなど、今までなかったのに。

「……ちひろ」

顔を隠そうとするちひろの手首を掴む。俯いてなかなか顔を上げない彼女の旋毛にキスをすると、ようやく少しだけ顔が上げられた。

「多分、ちひろが見たのは、歩き回るとわかっていたのに入江がヒールの高い靴を履いてきた日だと思う。挙句、足を挫いたと言い出した」

「……え？」

きょとん、と涙に濡れたままの瞳が俺を映した。その表情につい口元が緩みそうになって、慌てて引き締める。

「だから仕方なく腕を貸しただけだ。本当に、何もない」

舞い上がりそうになる気持ちを必死に抑える。もう二度と、ちひろの心を置き去りにして触れてしまわないように。

ちひろの手を持ち上げて、爪の先にキスをした。それから、婚約指輪にも。ちひろにとっては、偽物でしかないその指輪も、俺から見れば最初から本物だった。

「どれだけそばにいたと思ってる？　今更、他の女なんか目に入らない」

額を合わせ、未だ戸惑う彼女を見つめた。

「お前が好きだ。ずっと好きだった」

深く口づけを交わしながら、ゆっくりと彼女の身体をベッドの上に押し倒す。ちひろが信じられないなら何度でも言うし、彼女の口からも聞きたい。

さっきからずっと止まらない、涙のわけを。

入江に嫉妬して、怒って泣いた理由を。

「ちひろ、なんで俺に会いたかった？　なんで泣いてる」

涙の痕を唇で舐め取りながら、懇願した。

「聞かせてくれ、頼む。もう、お前が欲しくて欲しくて、おかしくなりそうだ」

顔中にキスを繰り返しながら、彼女の言葉を待つ。もう、ひとりで暴走して傷つけたくない。だけど早く、この肌に口づける権利が欲しい。

「ちひろ」

彼女の唇が、戦慄いた。顔も目を真っ赤にして、くしゃりと顔を歪ませる。

「諒が、好きだから。他に、理由なんてっ……」

その言葉を俺がどれだけ待っていたか、彼女にはわからないだろう。

いつからかなんて、俺にももうわからない。きっと自覚するよりもずっとずっと前から、ちひろのことが好きだった。

ようやく聞けた言葉をその唇から奪い取るように、深く口づける。夢中になって彼女を掻き抱き、身体を開き、その肌に酔いしれる。

否応なく染まる肌や零れる甘い声に、もう罪悪感を感じることはないのだ。そう思えば、どれだけ抱いても足りそうになかった。

「ちひろ、俺だけ見ていろ」

もう二度と、その目に俺以外の男を映させない。

耽溺フレンズ

諒との結婚式も滞りなく終わり、九月。日中はまだまだ暑いけれど、夜風は少しひんやりとしてきたある日のことだった。

「……ちひろちゃん？」

「え……あ」

仕事帰りに諒と待ち合わせをしていたのだけれど、急な残業で遅れると連絡が入ってしまった。仕方ないのでぶらぶらとショッピングモールを歩いていたところ、突然後ろから声をかけられた。振り向いて、驚く。

「……田端さん？」

婚活アプリを通して知り合って、両親紹介の直前に逃げ出したあの人……田端さんだ。一瞬、どこかで見た顔だとは思ったもののすぐに思い出せなかったのは、彼と別れた直後から結婚までが怒涛の勢いで過ぎたのと、髪型が違って雰囲気が変わっていたからだ。だけど、人の好さげな表情は相変わらずだった。今はそれにプラスしてどこか申し訳なさそうな顔でもある。

まあ、うん。ある日突然逃げたのだから、そんな顔にもなるだろう。

でも、それも諒が何か仕掛けた結果なのだから、どちらかというと私のほうが中し訳ない気持ちになる。

「お久しぶりです。お元気でしたか？」

「ああ、うん。元気」

とりあえず、無難な挨拶をしておく。諒が田端さんと何らかの接触をし、私と別れさせたということは既に本人に確認済みだ。だが、どうやって、と聞いても諒は教えてくれなかった。

そのことに触れるべきかどうか……迷っていると、田端さんも何か話したいことがあったのだろう、彼のほうから切り出された。

「もし時間があるなら、お茶でも飲まない？　あ、彼氏とデートなら全然いいんだけど！」

「いえ、そうですね。大丈夫です、少しだけなら」

それほど時間はかからないだろうと思い、ふたりでちょうど目の前にあったカフェに入ることにした。

通りに面した、窓際のテーブル席に着く。お互いにコーヒーをオーダーして、それが運ばれてきた後、彼が神妙な顔をして頭を下げた。

「あのとき、あんなメッセージひとつで別れてしまって本当にごめん」

私は慌ててそれを止める。

「いえいえ、もう大丈夫ですから頭を上げてください」

確かにあのときはかなりのショックだったが、今となっては結果オーライなわけで……しかしそれを口にするのは失礼な気がするので言わずにおいた。

「あの、でも……理由だけ、聞いてもいいですか」

諒に一体、どうやって追い払われたのか。それはやっぱり気になるので確認しておきたい。あんまり失礼なことをしていなければいいのだけど。

「あー……聞いてないの？」

「えっと？」

「ちひろちゃんと最後に会った後さ、高梨って男に声をかけられたんだけど……あれってちひろちゃんの知り合いだよね？」

やっぱりそれが原因だよね。

今度は私が謝罪する番だ。

「……はい。長年の友人で……急に訪ねていって脅したんでしょうか？　本当に申し訳ありません！」

私としては結果オーライでも、諒のしたことが度を越していることは疑いようもない。とばっちりを受けた田端さんには一度きちんと謝罪したかったのだ。

そんな私に、田端さんが「いやいや、頭上げてよ」と慌てている。

「いや、そんな脅されるってほどのことでもなかったんだけどさ」

「あ……そうなんですか？」

頭を掻きながら、彼は「うん」と頷いた。

「じゃあ、なんて？」

例えば以前付き合っていたふたりみたいに女癖が悪いとか、金遣いが荒いとかギャンブル好きとか、そういうわかりやすい弱みがあって追い払われたわけではないようだ。

「本気で君のことが好きなのかとか、まあ、そんな感じ。多少口の悪いとこはあったけど、君のことを心配してるんだろうなっていうのは伝わってきたよ」

彼は苦笑いをしてひょいっと肩を竦めた。

それほど、田端さんも怒っているわけではないらしい。そのことにちょっとほっとする。しかし、それならそれで、どうしてあっさりと別れを選んだのだろう？

「ということは、やっぱり私が原因で？　嫌になったから？」

やっぱりいきなり親に会ってくれというのが重かったということか。それはそれで、へこむけれど。

「いや、ちひろちゃん自身が嫌になったとかそういうことじゃないよ」

「じゃあ、なんで急に？」

「あー、まあ、だってさ。俺もちひろちゃんも、結婚したくてあのアプリに登録してたわけだろ？　信頼できる相手と、穏やかな生活がしたくて」

「……はあ、そうですね」

彼の言いたいことがよくわからず、相槌(あいづち)を打ちながら首を傾げる。

田端さんが、ちょっとばつの悪そうな顔で続けた。

「……ああいう男が出てくるってのはやっぱりね、少し」

「え？」

「元カレ？　わかんないけどさ、牽制(けんせい)しに来る男がいるってだけで、ちょっと面倒だろ、正直。すげえイケメンだったし、結婚の障害になりそうだなって思って」

とても現実的な言葉を言われて、返す言葉が思い浮かばなかった。

確かにそのとおりだ。これから結婚を考えていこうという相手に、そんな面倒そうな男がくっついていたら、腰が引けるだろう。恋愛結婚というわけじゃないんだから尚更だ。

もしかしたら、諒もわかっていてそういうやり方をしたのかもしれない。

「でもごめんな。突然だったから傷つけたかなと思って……」

「いえ。大丈夫です」

申し訳なさそうな彼に、軽く笑ってみせる。

もちろん、あのときはショックだったけれど……今、改めて話してみて、良かったと思う。

この人と、結婚しなくて良かった。彼は結婚するために最適な相手を選んでいるわけであって、私と結婚したいわけではなかったのだ。だから、諒が現れて面倒になって、別れることを選んだ。多少の障害を乗り越えてでも、なんて強い思いは最初からない。

そして私も同じだった。結婚したいから、誰かを探していた。

もちろん、そういう出会いが悪いとは言わない。それがきっかけで愛情が生まれる可能性もあるし、そうでなくても幸せな家庭は築けるかもしれない。

だけど、私たちはそうならなかった。そういうめぐりあわせになかったのだと思う。そして、もっとちゃんと私のことを見てくれる人がそばにいた。そのことに気がついたのだから、これで良かったのだ。

ずっと引っかかっていたものが取れて、すっきりした気持ちになれた。あのときの別れ方には問題があったかもしれないけれど、彼を責めることはできない。彼にも私じゃなく、もっといい人が見つかればいいと思う。

ほとんど飲んでいなかったホットコーヒーに目を落とす。ほどよく冷めているそれを早く飲み切ってしまおうと手に取ったとき、田端さんが私の手に目を留め、驚いた顔をした。

「……あれ、指輪。もしかして、結婚？」

「あ、はい。……その、田端さんに会いに行った高梨と」

「ああ、やっぱり」

「あれから付き合うことになって、すぐに」

本当は、先に結婚しちゃって、その後に恋愛したみたいな感じだけども、そこらへんは説明する必要もないので割愛しておいた。

「そりゃまたスピーディだ」

ははっ、と田端さんが笑う。

「ほんとですよねぇ。去年の年末あたりは婚活真っ最中だったはずなんですけど」

月日の流れは早いなあ、と窓の外に目を向けたときだった。通りを歩いてくる諒の姿が見えた。

……やばい！

田端さんといるところを見られたら、絶対不機嫌になる！

「そ、それじゃあ！　そろそろ行きます。主人と待ち合わせしてるので」

慌ててバッグから財布を取り出し、千円札を一枚テーブルの上に置く。

「すみません、これでお支払いいただけたら」

「えっ、いいよ！　こっちが誘ったんだから」

「いえ、そんなわけには」

押し問答をしている間にも、諒はこっちに近づいてくる。早くこの窓から離れなければ、見つかってしまうと思いつつ、もう一度窓のほうをちらりと見た。

「……げ」

ばっちりと目が合ってしまい、ぴきっと固まる。諒の視線が私と田端さんを交互に行き来する。眉間にくっきりと皺（しわ）が寄っていくのがわかってしまった。

そうして、一気に諒の歩調が速くなる。

やばい、やばいやばいやばい！

「ちひろちゃん？　……あっ」

田端さんも、諒に気がついたらしい。ガタッ、と椅子を鳴らして腰を上げた。

「あああ、彼、勘違いしないように」

「大丈夫です、でもややこしいのでここで！」

受け取ってもらえなかった千円札をどうしようかと迷ったが、やっぱりここは貸しを作るまいとテーブルの上に置いておくことにした。

おつりを、と田端さんが焦っていたけれど、そんなことをしていたら諒が店の中に入ってきてしまう。

「それじゃ、田端さんもお元気で。素敵な人が見つかるといいですね」

ぺこ、と軽く会釈だけして急いで店の外に出た。よかった、ぎりぎり間に合った！

「……おい！」

「はいはい」

「なんであいつと一緒にいる？」

不機嫌全開で、ずんずんずんっと近づいてくる諒の腕に、するりと自分の手を絡ませる。

「偶然会っただけだよ。きちんとお別れしてきたの」

「だからって、わざわざカフェに入ることもないだろう」

「立ち話で済ませることでもないじゃない？」

まだ何か言いたげな諒の腕を引っ張るようにして、カフェに背中を向け歩き出す。今日は、私の誕生日だ。今日のためにずっと前から諒が準備してくれていたことを知っている。

「ほら、もう行こうよ。お腹空いた」

「……ちひろが行きたいと言ってたレストランは予約してある」

「うん。ありがとう」

くんっと諒の腕を下に引っ張り、屈んだ彼の頬にキスをした。

まだ仏頂面(ぶっちょうづら)だけれど、ちょっとだけ機嫌は持ち直したようだ。ほんの少し口元が緩んだのがわかった。

「……お前、段々俺の扱いに慣れてきただろう」

「え？　そう？　諒が喜ぶかなと思うことをしてるだけだけど」

「そういうとこだ」

組んだ腕とは反対の手で、デコピンをされてしまった。

別に、諒が扱いやすいとかそういうことではないけれど、大事にされているのがちゃんと伝わってくるから、自信につながっているのだと思う。でなければ、頬にキスなんて方法でご機嫌を取ろうなんて思わない。

それもこれも全部、諒が愛してくれるからだ。

「……お前はなんでそう無防備なんだ。別れた男に簡単についていくな」

まあ、ちょっと嫉妬(しっと)深くて独占欲が強く、お小言も多いけれど。

「警戒するほどのことでもないでしょ？　諒が来るまでの間、別れたときのお互いの事情を再確認したってだけで」

「そんなもの確認してどうするんだ」

「おかげで諒と結婚できて良かったたって改めて思えた。ありがとう」

こんな風に素直に『ありがとう』と言えるのも、彼のお小言が全部私を心配してくれているためだとわかるからだ。

諒が、私を捕まえてくれて良かった。

好きになってくれて良かった。好きになれて、良かった。

幸せだなあ、と思いながら、諒の肩にもたれかかって歩いていると、額にキスが落ちてきた。

「……飯、行くか」

「うん」

ふたりで過ごす、初めての誕生日だ。過去のことよりも、これから先の未来について話したい。

ううん、そうじゃない。ただ、このひとときを大事にしたい。


まるで、夢のような夜だった。

フレンチレストランで美味しい料理とシャンパン、窓際のテーブル席からはライトアップされた庭が楽しめた。デザートには可愛いケーキのプレート。

その後は、ホテルのバーでカクテルを飲んだ後、諒が取ってくれた部屋に向かった。

「ひあっ、あ」

「……こら。ちゃんと持ってろ」

両脚の膝裏に手を入れて、自分で開かされている。その脚の間で、諒が意地悪をする。裸の胸には、誕生石のサファイアがついたネックレスが揺れている。

「も、やだぁ……っ」

こんな恥ずかしい格好、自分でさせられるなんて。

やっぱり、田端さんと会ったことを怒っているのだろうか？

「やだじゃない。ほら、もっと気持ちよくしてやるから」

指が濡れた襞を辿り、しっかりと左右に開く。ふうっとそこに息を吹きかけられただけで、びくんと身体が反応してしまう。いつもは中に隠れている小さな花芽は、彼の手によって露出させられている。彼から受ける愛撫を期待して、そこがじんじんと疼く。

「諒……っ、や、はやくっ……」

恥ずかしい。けど、どうせ恥ずかしい格好をさせられるなら、いつもみたいにわけがわからなくなるくらいに酔わされたい。

私の脚の間で、諒がふっと笑った。そしてまるで見せつけるように舌を唇からのぞかせ、ゆっくりと濡れた秘所に近づく。

「あ、あ……、ああっ！」

広げた襞の内側を、諒の舌がくすぐった。くちゅくちゅと水音をさせながら、下から上へと蜜を掬う。

……気持ちいい。気持ちいいけど。

もっと、気持ちいい場所があることを、私は知っている。身体が疼いて、腰が揺れる。だけど諒の舌は、襞を丁寧に舐めては花芽の周囲を撫でるばかりで、肝心な場所になかなか触れてくれない。

「い、いじわるっ……！」

「だってお前、ここ舐めたらすぐにイクだろう」

「あんっ！」

ようやく一瞬だけ、花芽に諒の唇が触れた。軽く啄まれただけなのに、身体はとぷんと新たな蜜を零す。

「可愛いな、ちひろは」

その蜜を、また舌が掬う。そうして今度こそ、襞を上へと辿りながら花芽を捕らえた。

「ああああああっ！」

諒が尖らせた舌先で、私の花芽の先をくすぐる。温かく濡れた舌は敏感な花芽に心地よく、甘い痺れを全身へと伝えていた。

ぴちゃぴちゃと花芽を舌で転がし、押し付けて擦り上げる。

「うあ、ああ、ああっ」

夢中で自分の脚を抱き、胸にぎゅっと押し付ける。恥ずかしいけれど、襲いくる悦楽に負けた。

諒の唇が花芽を咥え、口の中に収めた。舌は絶えず花芽を弄り、私の身体を昂らせる。襞を広げていた指が一本、私の中に潜り込んできた。

「ああぅ、ふあぁ」

気持ちいい、おかしくなりそう。

諒の指と舌が触れる場所のこと以外、何も考えられなくなってくる。

唇が、ちゅうっと音を立て、花芽を吸い上げた。

「ひあああああ」

がくがくがく、と身体を震わせながらも私は自分の脚を離さなかった。諒の言いつけどおりにぎゅっと掴んで、膣壁もまた諒の指を咥えこみ、締め付けて。

そんな恥ずかしい格好のまま、達してしまった。

自分のお腹の中が戦慄くのがわかる。

「うああ、だめ、りょおっ……！」

その間も指が膣壁を擦って解し、花芽はくちゅくちゅと舌で弄られ続ける。脳天を突き抜ける快感に、頭を振った。

「いあ、やあ、あああ！」

達した後で敏感になった身体には、強すぎる刺激だった。身体が快感から勝手に逃げようとする。涙が零(こぼ)れた。汗も噴き出し、目に染みてくる。だらしなく開いたままの唇から唾液が溢(あふ)れてしまう。

でも、諒の舌も指も離れてくれない。

「ひ、あ、あ……あああああっ！」

甲高い嬌声(きょうせい)を上げ、私は二度目の絶頂を迎えた。

ちゅぱ、と音をさせて諒の唇が離れる。そして、緩く指を抜き差ししながら、諒が起き上がり私の上に伸しかかってきた。

ひくん、ひくんと小さな痙攣(けいれん)を繰り返し、涙を流す私に彼は、優しく微笑む。

「ほら、あっという間だった。ちょっと我慢したほうが気持ちいいらしいけどな」

そんな、無茶を言うな。

濡れそぼって溶けた秘所をゆっくりとかき混ぜながら、諒が私の額や頬に口づける。穏やかな快感が続く中でそんな優しいキスをされたら、甘やかされているような気持ちになる。

「諒、キスしたい」

とろん、と溶けた思考回路は、素直に甘えるセリフを吐いた。小さく笑った彼の顔が近づいて、唇が合わせられる。

最初は浅いキス。それから互いに舌を差し出し合って絡めた。舐めて、擦り合わせて、吸い付いて。私の中をかき混ぜる指は、徐々に大胆になっていって、それに応えるように私の吐息も甘く熱くなる。

「んん、んふ、んんんっ」

気持ちいい、でも息苦しい、でもキスもやめたくない。くらくらしながらも懸命に諒の舌に応えていると、硬く熱くなった彼自身が膣の入口に宛がわれたのを感じた。

指が、ゆっくりと私の中から出ていくと――

「ん……ん……」

長いキスを続けながら、諒が私の身体の中心にぐぐっと入り込んでくる。

「んっ……んんんん」

ゆっくりと繋がりが深くなり、私の背筋が反った。ぴたりと腰が密着するまで繋がると同時に、甘い吐息がふたりの唇の間で混じり合う。

腰は動かさないまま、諒の手が優しく私の大腿部を撫でる。そして、ずっと膝裏を抱えたままだった私の手を取った。

手のひらを合わせて握り、シーツに強く押し付ける。

「あ、んんっ、あんっ」

彼の腰が、律動を始めた。最初は小さく揺らし、徐々に強くなっていく。

「ちひろ……っ」

大きく腰を引いてから、一息に奥まで突き上げる。

「ひあっ！」と喉をのけぞらせ、悲鳴を上げた。

熱くとろとろに溶けた秘所を、彼の熱が大きく攪拌し、ぐちゅぐちゅと酷い音を立てる。私の中も、彼の硬い欲望も、どちらも熱くてひとつに溶けてしまうようだった。

「あああ、あああ、りょおぉ、もう、やあぁっ」

重なり合う粘膜から熱と痺れが生まれ、波となって全身に広がっていく。きゅう、とお腹の奥が勝手に収縮し、彼自身を締め付けた。

「……っ、く」

諒が、何かを堪えるように眉根を寄せる。その表情がまた官能的で、艶っぽい。

……諒も、私の身体で気持ちいいんだ。

それがとにかく嬉しくて、身体がきゅんと疼いた。すると、彼が一層、切羽詰まった声で私の名前を呼んだ。

「ちひろっ……締めるなっ」

「ふあっ、だって、そんな……わかんな……いっ」

だって、勝手に締め付けてしまうのだ。繋がっていることが嬉しくて、気持ちが良くて。

そうしている間にも、きゅんきゅんと下腹部が鳴いている。まるで、私の身体が彼に甘えているみたいだ。

諒が一度、腰の律動を休めた。ひじをベッドにつき、私と額を合わせながら大きく息を吐く。

「……諒？」

「ん……気持ちいいな」

「うん、きもちいい」

息を整えている間、諒の唇が絶えず私の唇や頬、首筋にキスを落とした。肌を掠めるような、優しいキスだ。それがあんまり心地良くて、吐息が震える。

耳元にキスが触れたとき、諒が囁(ささや)いた。

「なあ。ちひろは何人欲しい？」

「え？」

「子供。俺は、何人いても構わないくらいなんだけど」

その言葉で思い出したのは、一緒に暮らし始めた日のことだ。諒がパソコンで豪邸を作り上げて遊んでいた。

あのときは、想像力豊かだなと思っていたけれど、どうやら彼は本気で子だくさんの家庭が作りたいらしい。微笑ましくて、ふふっと思わず笑ってしまった。

「子供は欲しいけど、産むのは私だからね。そんなにたくさんは無理」

「じゃあ、三人……四人？」

「いや、だから。……普通、ふたりくらいじゃない？」

けれど諒の様子からすると、ふたりではきっと不服なのだろうな。だとしたら、三人？

そんな風に考えていたら、諒が甘えるように私の耳朶(じだ)や首筋をぺろぺろと舐め始めた。

「あっ、ん」

「せめて三人。なあ、中に出してもいいか」

舐めては肌を啄(ついば)み、私にねだる。もう何度もこうして肌を重ねたけれど、これまでずっと避妊らしきことはしていた。最初は何もつけずに入れても、必ず途中で抜いて避妊具をつけるか外に出していたのだ。

でも今、繋がる私たちの間を隔(へだ)てているものは何もない。

彼がゆっくりと腰の動きを再開した。

「あ、諒……っ、私も、子供は欲しいけど……」

「早く欲しい。ああ、でも」

会話を続けながらも、抽送が徐々に大きくなる。こつ、と子宮の入口をつつかれて、甘い痺(しび)れが広がった。

「もう少し、ちひろとふたりの時間が欲しい気もする」

抜けてしまいそうなほどギリギリまで腰を引くと、ずんっ、と一際強く奥を突き上げられ……

「ああっ！」

それをきっかけに、彼の腰は大胆に、強く私の中を撹拌しはじめる。

「諒っ……諒、あんっ」

十分に濡れている膣の中から蜜が掻き出されて、お尻のほうへと零れていく。

「悩ましいな。ちひろといると、どれだけ時間があっても足りない」

こんな風に言ってもらえるのは、とても幸せなことだと思う。子供も欲しい、ふたりの時間も欲しい。ありふれた望みだけど、ずっと叶えたかった夢だ。

子供の頃に夢見た家庭が、現実になりそうなくらい、すぐそばにある。いや、これから現実になっていくんだ、そう信じられた。優しい旦那さまと、たくさんの子供、お洒落な家と綺麗な庭。

あのパソコンの中にあるような豪邸はさすがに無理だろうけれど、いつか、ふたりで考えた家を建てられたらいい。

「諒、あ、私もっ……」

「ん？」

「子供、欲しいな。諒との子供なら、きっと、可愛い……」

喘ぎながらそう言うと、握り合わせた諒の手の力がぎゅっと強くなった。

「……くそ。可愛いな」

「えっ？　……ひあんっ！」

私の中にいる諒が、どくんと脈打って大きくなった気がした。それを最奥にねじ込むように、彼は何度も強く腰を打ち付ける。

「あんっ！　はあっ、あああっ！」

「ちひろっ……お前を孕ませたい」

本能のままの言葉だ。私の身体も、彼の子供を産みたいと思っているのか、応えるようにきゅうっと彼自身を締め付け、ひくひくと蠢いている。

深く唇を合わせた。諒は強く奥に押し付けたまま上下に腰を揺らし始める。彼の片手が、私の内ももを伝って、ふたりが繋がる場所に触れた。

「ん、んんんっ」

彼を咥え込んで離さない、濡れた襞を撫でる。じんじんと痺れるほどに敏感になった襞は、触れられただけで熱くなり、私の頭の中をとろりと溶かした。

襞を撫でた後、指先は膨らんで硬くなった花芽に触れる。

「んあっ」

ぴりり、と電流のように快感が駆け抜ける。喉が仰け反り、キスが逸れてしまう。だけど諒の唇が追いかけてきて、またすぐに塞がれた。

口内に舌が入り込み、私の舌を絡めて吸い上げる。その間も、指は絶えず花芽を撫で、膣の一番奥は彼自身によって揺すられ続けていた。

「んんん、んふぅっ……」

高く上げた両脚が、ぶるぶると震えはじめる。下腹部が溶けて流れ出しそうなほど、熱い。

もうじき押し寄せるだろう大きな快楽の波が怖くなり、彼の背中に爪を立てた。

……だ、めっ、いくっ。

がくがくと全身が大きく痙攣し、目の奥で火花が散る。ずんっ、と強く奥を突かれた拍子に、私は悲鳴を上げて絶頂を迎えた。

「んうううううっ！　ふあああっ！」

「っ、く……ちひろ、もう少しっ」

頭の中が真っ白になる。視界も白くてよく見えない。キスから解放されたと思ったら、まだ痙攣し続ける膣の中を……

「あああ、やあ、だめ、ひあっ！」

彼の硬い熱が膣壁を擦りあげる。達したばかりの身体には、苦しいほどの快感だった。

「あんっ、ああっ、りょお、すき」

注がれ続ける悦楽に侵され、もうそれしか考えられなくなる。

諒が、好き。もっと、いっぱいにして、もっと奥まで。

下腹部がきゅんきゅんと啼き続けていた。膣壁が彼を締め付ける。

「ちひろっ……！」

「すき、ああっ！」

一番奥に強く押し付けて、彼が腰を止めた。大きく膨らんだ熱が膣の中を広げたかと思えば、どくんと脈打つ。

「あ、あ、あああ……」

初めて知る感覚だった。熱いものがお腹の奥に染み渡り、それまで感じた激しさとは別の緩やかな快感が込み上げてくる。

ぶるりと身体が震えた。

「ああ……ふああ……」

とくん、とくんと諒が私の中でまだ脈打っている。

やがて、私に覆いかぶさったまま肩を大きく上下させていた諒が、脱力したように私に身体を預けてきた。

少し重い。だけどその重みが、どうにも愛おしい。

「ちひろ」

「ん……」

汗ばんだ肌を密着させながら、諒が優しいキスの雨を私の顔中に降らせ、労(いたわ)ってくれる。

彼は最後に唇を啄(ついば)み、掠れた声で囁(ささや)いた。

「愛してる。一生、離さない」

目の前で、柔らかなブラウンの瞳が揺れた。その中に私は閉じ込められている。

ねえ、諒。あなたの独占欲も大概酷いと思うけど……私も同じだよ。

「諒、私も」

その瞳の中にいるのは、ずっと私だけでいいと思う。諒の瞳の中に、ずっと一生閉じ込めていて。

そう願いながら、両手を彼の背中に回して抱きしめた。

書き下ろし番外編

家族計画

うちの旦那様は、とてもハイスペックだと思う。

真剣にパソコンの画面を見つめる横顔は、少しだけ伏せた瞼がとても色っぽい。大きな手で包まれてマウスがちらっとしか見えないなんて、そんな些細なことにもきゅんとしてしまう私は重症だ。

寝室にあったパソコンデスクが、今はリビングに移動している。そのほうが、家で仕事をしているときでも諒の姿が見えるから、私は気に入っている。

もっとも、諒からするとやりにくいかもしれないけれど。

——本当に、どうして私、諒をただの飲み友扱いできたのかな⁉

見れば見るほど、諒は格好いい。話し上手だし優しいし、仕事に誇りを持って真剣なところもすごくいい。

客観的に分析すればするほど、諒は男性として結婚相手として最上級だ。友達だったときからそれはよくわかっていたはずなのに……そんな人がすぐそばにいたのに、一切恋愛相手として意識したことがなかったのが、とても信じられない。

友達としての関係が居心地良くて、男として意識した途端に壊れる可能性を恐れていたのだと思う。無自覚では、あったけれど。

「……何、にやにやしながら見てんの」

諒の瞳がちらりと動いた。リビングのソファで、ひじ掛けに頭を乗せて諒の様子を眺めていた私を捉える。

「にやにやしてないよ」

「してるだろ」

慌てて唇の端に力を入れて、表情を取り繕った。危ない危ない、心の声が表情からバレバレになっていたらどうしよう。

「休日なのに、熱心だなーって思っただけ」

言ったそばから後悔した。これでは、まるで「かまってほしい」みたいに聞こえてしまう。私としては横顔を眺めていられるだけでも十分お楽しみの時間だったのだが、案の定、諒は苦笑いをして私を手招きした。

「仕事のことしてるんじゃないの?」

「いいから来いって」

笑いつつも、声は優しい。いそいそとそばに寄ると、諒が椅子を引いてパソコンとの間を広く取った。手を引かれ、慣れた動作で左膝の上に座らされる。

諒の左腕が私の腰を抱いて、右手がマウスを操作した。

「見て」

促されてパソコンを見ると、もうすっかり見慣れた画面が映っていた。

「また我が家を建ててたの？」

呆れた声でそう言うと、腰を抱く左腕に力が籠って諒の身体にもたれさせられる。すぐ耳元で、クスクスと諒の笑い声が聞こえた。

「これで五軒目だっけ」

「六軒目だよ」

建築デザイナーの諒は、結婚してからこういう遊びをよくしていた。ここ何か月かは仕事が忙しいのか見かけなかったので、久しぶりだ。

もちろんまだデータ上だけで実際に家は建っていないが、一軒目の我が家は都内で建てれば一体何億かかるのかという豪邸だった。諒が遊んでいるのを見ているうちに私も口出しをして、希望が盛りに盛られる結果なので現実的ではない家が出来上がる。

だがしかし、今回は少し、いつもと違っていた。

「なんか今回は、ちょっとこぢんまりとしてるね」

「これはこれでいいだろ？　ふたりで住むには十分な広さだし」

「うん、ふたりなら確かに」

平屋建てだった。リビングとダイニング以外には、主寝室と和室がひとつずつ、玄関横に広めの納戸（なんど）。リビングの掃き出し窓から大きくせり出したウッドデッキは、ガーデン用のテーブルセットを置いてもゆったりとしたスペースがありそうだ。

だけど、なぜふたりで住む前提なのか。

「年取ってからのことも考えて、収納は高いところはやめて床下収納と納戸（なんど）を広めにした」

「ちょっと、今から老後の計画？」

あまりにも先のこと過ぎて、今度は私が笑う番だ。だけど、それに応（こた）えた諒の声は案外と真剣なものだった。

「別に、老後に限らず、ずっとふたりっていうのもいいなって思ってさ」

「えっ……」

驚いて振り向こうとしたけれど、私を抱きしめる諒の腕が緩まなくてできなかった。彼は私の首筋に顔を埋め、大きく深呼吸する。

「……だから、あんまり気にするな」

ぼそりと呟かれたそのひとことで、なぜ彼がふたり仕様の家を考えたのか理解した。

「……心配してくれてたの」

「当たり前だろ」

結婚して、お互いの気持ちを確かめ合って一年半が過ぎている。家族計画、主に子供のことに関して私たちはよくよく話し合った。

ふたりの時間も欲しい、が、出来たらそれはそれでもちろん嬉しい。だったら避妊せずに、運に任せようということになった。

だがしかし……黙っていないのが私の実家だった。義両親は全く何も言わないのに、私の両親に至っては結婚三か月頃から孫の顔はいつみられるのかとうるさくてかなわない。

結婚もあれほど急かされたのだ。覚悟はしていたけれど、それにしたって早すぎないだろうか。

そして、一年過ぎた頃からは不妊治療を勧められた。今のところは母親からの電話で済んでいるが、そのうちあの頑固親父自ら(みずか)が何か言ってきそうで、本当に面倒くさいと思っていた。

そうやって実の親に悩まされていることを、諒も知っている。この頃は孫の催促の電話がかかると途中から代わってくれるようになった。

だけど、まさか『ふたり仕様の家』を考えるほど真剣に捉えてくれていたなんて。

「うちの両親のカチコチ頭は、もう治らないからね。諒にまで嫌な思いさせてごめん」

「俺は別になんとも思ってない。だけど、ちひろに変な誤解だけはされたくない」

ぎゅっと抱きしめたまま、諒が私の首筋で大きく息を吸った。それから、ほうっと心地よさげな吐息の音がする。

「ちひろがいてくれたら、俺はそれでいいんだ」

「諒……」

「子供はできたら嬉しいが、それは結果であって、そのために結婚したんじゃない」

「うん、ありがと」

「上手く言えなくて、悪い」

ずっと、私を慰める言葉を探してくれていたんだろう。両親に言われずとも、私だってもちろん子供が欲しい。そのうち出来ると気軽に構えていたのに、生理が遅れる度に期待しては落胆し、を繰り返しているうちに段々と焦るようになった。

口には出さず隠していたつもりだったけれど、諒には伝わってしまったようだ。

「諒、あのね」

諒の肩に頭をすり寄せると、少し諒の腕が緩んだ。私は彼の膝の上で身じろぎをして、横向きになるとその首筋に両腕を絡める。すると、私が言葉の続きを言う前に、諒の唇に邪魔されてしまった。

「んっ……」

やわやわと食まれて、条件反射のように唇を開く。入り込んだ舌先が歯列を舐めて、私の舌をくすぐった。

ぞくぞく、と背筋が震える。力が抜けて大きく口を開くと、さらに深く舌が絡まり唾液の混ざる音が耳の中に響いた。

「ふ、んんっ」

諒が私の舌を誘い出し、口の中に迎え入れる。軽く甘噛みされれば、とろりと思考回路が溶けて、上手く働かなくなってしまう。

言いかけたことが、あったのだけど。

「……ん、ふ……諒っ……」

唇が逸れて息が楽になった途端、諒のキスは私の耳へ移動する。手はいつのまにか私の膝からスカートの中へと入り込み、内ももを撫でていた。指先が、掠める程度にもどかしく、下着のラインを撫でていく。

指も唇も、私の弱いところをすっかり熟知しているから、容易く私の身体に官能を呼び覚まさせる。

「あのね、話が……んああっ」

口を開きかけたところで、またわざと邪魔するように耳朶に吸い付かれた。息が乱れて、くたりと脱力した私の身体を諒がしっかりと片腕で抱き留めてくれている。

ぺろりと耳の縁を舌で撫でると、耳孔に吹き込むように囁いた。

「何？　ちゃんと聞いてるよ」

そんなことを言いながら、内ももにある手の指は下着の縁を辿りときどき中へ潜り込もうとする。からかって遊ばれている気がしてならないのに、甘い誘いに乗ってしまいそうになる身体を叱咤して、私は諒の手首を掴んだ。

「もう、聞いて？」

「なんだ？　ベッド行く？」

未だ誘う指先を、止める言葉を私は知っている。

「……本当は、ちゃんと病院で確認してから言おうと思ったんだけど」

「病院？」

「一週間遅れてて」

予想どおり、諒の指先はぴたりと止まる。それから、目を見開いて私の顔を覗き込んだ。妊娠を気にするようになってから、私の生理は狂いがちだったので諒は遅れに気付いていなかったようだ。

間近で目が合って、諒が期待をしているのがわかる。だけどそれを口にするのを、迷っている様子まで見て取れる。

諒がこれほど動揺するのは、珍しい。なんだか、今朝確認をしたときにさっさと報告しなかったのが申し訳なくなってきた。

「えっと……」

手首を掴んだままだった諒の手を持ち上げて、静かに私の下腹の上に置く。大きな手のひらから温もりが伝わってくるのを感じながら、諒の目を見て言った。

「陽性だった。ここに、いるみたい」

今朝、また違ったらどうしようとびくびくしながら検査薬を試した。祈るような数分を、これまで何度も経験してがっかりしたのに、陽性の表示が出る時は本当に呆気ないものだと思った。

ピンク色の二重線。ちゃんと、後で諒に見せようと思って、置いてある。

諒は、目を見張り私の腰を抱く腕に力が籠って、また慌てて緩めた。それから下腹へ視線を移すと、ゆるゆると表情を和らげる。

なんて優しい顔をするんだろう。その顔を見られたことが、泣きそうになるくらいに嬉しかった。

彼が、腰から肩へと手を移動させぎゅっと強く抱きしめてくる。

「……嬉しい。俺の子だ」

「うん」

ふたりで生きて行けたらいい、というのももちろん、嘘ではなかったと思う。だけど、やっぱり欲しいのも本音だ。

どうやら、彼に自分の子供を抱かせてあげることができそうで、私もほっとした。

しばらく無言で抱きしめ合っていると、不意に諒が私のこめかみにキスをした。いや、こめかみだけでなく、耳のすぐそばや頬へと順々にキスをして、最後にまた唇に辿り着く。

唇を啄むバードキスを繰り返しながら、ぼそりと言った。

「早く教えてくれたらよかったのに」

「ん、ごめんてば。万が一違ったらって思ったら、ちゃんと診てもらってからのほうがいいかなって」

本当は、私だってすぐに言いたかった。だけど、これまで期待しすぎて調べるうちに、情報過多になってしまい、想像妊娠だったらとかいろんなパターンを考えてしまったのだ。諒にぬか喜びさせるのは、気が引けた。

だけど、妊娠検査薬で陽性ならほぼ間違いはないという情報もあって、どうしても言いたくてうずうずして、それで今日はずっとパソコンをしている諒の横顔を眺めていたのだ。

挙句、うちの旦那様かっこいい、なんて見とれてしまっていたのは、やっぱりかなり浮かれていたんだろう。

仕事中だから報告するにしても終わってから、と思ったのにまさか六軒目の我が家を建てていたとは思わなかった。

「月曜に、病院に行こうと思うんだけど」

「午前中なら一緒に行ける」

「ほんと？」

会話しながらも、キスは止まない。

「しばらく、お預けだな」

合間にぽそりと呟いて、諒は名残惜しむようにゆっくりとキスを深めた。

＊＊＊

ちひろの両親は、本当にアクが強い。俺もまさか、そんなに早いうちからちひろが孫の催促をされているとは思わなかった。

気付くのが遅くなったことが、悔やまれる。最初は聞き流していた様子のちひろも、一年を過ぎた頃からため息が多くなった。パソコンの検索履歴に『不妊治療』という文字を見たときには、胸が苦しくなった。

ちひろに、なんて言えばいいのだろう。思えば、俺がときどき作っている『我が家』

の見取り図も、彼女からすれば負担になっていたかもしれない。そう気が付いてからは、しばらく止めていた。

いつか建てるつもりで考えているが、子供の有無で部屋数など変えたいのは事実だ。だけど今は、それを話題としてちひろに聞かせるのもためらってしまう。

俺ももちろん、子供は欲しいと思っている。ちひろだってそうだろう。そのためにもし必要なら、不妊治療だろうと俺のほうの検査だろうと受けても構わないと思っている。だが、それも全部、ちひろを苦しめることになるなら、いらない。子供は欲しいが、あくまで俺たちが夫婦として生きていく過程での結果であって、一番大事なのは彼女が笑って暮らせることだ。俺と彼女が、いつまでも睦まじく暮らせることだ。

なんて言えば伝わるだろう。

それを真剣に考えたというのに、彼女から思いもよらぬ報告を聞いてすっかり俺は舞い上がってしまった。

翌日の月曜の診察ではまだ心拍は確認できず、一週間後の二度目の診察で妊娠が確定した。帰りの車で、もちろんずっと安全運転だが、もっと揺れの少ない車のほうがいいだろうかとかいろんなことが気になってくる。

「車、買い替えるか」

「いやいや、何言ってるの。これで充分でしょ」

冷静になれ！　と突っ込みながらちひろが笑う。そのちひろが、家に帰って急にほっとしたのか、ソファに座ってほろほろと泣き始めた。

手には、病院でもらった妊娠中の注意書きやパンフレットなどが握られている。その上に涙の粒が次々に落ちていく。

「なんかやっと実感してきてほっとして。嬉しいのに泣けちゃう」

そう言って、涙に濡れた顔で笑っていた。俺は寄り添うように隣に腰を下ろして、彼女の上半身に腕を回す。

安心したように身体を預けてくる彼女の髪に、頬擦りをした。

「俺も、嬉しい」

「うん」

「だからもう、何も余計なことで悩まずに楽しいことだけ考えていればいい」

そのためにはまず、遠ざけなければならない問題がある。

「とりあえず、ちひろの両親への報告、今後の連絡は俺がやる」

「えっ！　そんなわけには」

「いいや、絶対言うだろ。妊娠中はどうたら、とか男か女か、とか」

俺がそう言うと、ちひろは「はっ」と目を見開いた。

「そうだわ……言うわ、絶対」

「だろ。俺が対応する」

決して、娘憎しでやってるわけではないのはわかるのだが、ちひろの両親は時代錯誤な上に無理強いが酷い。

「これまで散々悩んだんだから、せめてしばらくは楽しいことだけ考えとけ」

ちひろは困ったように眉尻を下げたあと、ほっと頬を緩ませた。

「じゃあ、安定期まではお願いしちゃおうかな……ちなみに、諒は男の子と女の子、どっちがいい？」

「……悩むな。どっちも可愛いに決まってるからな」

「あはは。そうだね、私も悩む。どっちにしても、奇跡みたいでなんだか不思議。ここに命があるなんて」

知識としてわかっていても、やはり未経験の俺たちからすれば奇跡のようなものだった。

お腹に手を当てるちひろの横顔がふと、まだ生まれてもいないのに母親のような優しさが溢れて見えて思わず見とれる。

気づいたちひろが、首を傾げた。

「どうしたの？」

「いや。俺の奥さんは綺麗で可愛いと思って」

そう言うと素直に頬を染めるところも、愛(いと)しい。彼女とその身体に宿った命と、これから大切に守っていかなければと、誓いを込めてキスをした。

恋愛小説「エタニティブックス」の人気作を漫画化!
EC Eternity COMICS
今夜、君と愛に溺れる
…結 抱いていい？
はぁっ
はぁっ
か…ずま…
はぁっ
はぁっ
漫画 Carawey
原作 砂原雑音

今夜、君と愛に溺れる
冷徹男子が本気になったら
野獣です。
Carawey
砂原雑音

男運が悪く、最近何かとついていない、カフェ店員の茉奈(まな)。そんな彼女の前に、大企業の取締役になった、幼馴染の彰(あきら)が現れる。子供の頃、彼にはよくいじめられ、泣かされたもの。俺様ドＳっぷりに大人の色気も加わった彰は、茉奈にやたらと執着してくる。さらには「お前を見てると泣かせたくなる」と、甘く強引に迫ってきて──？

B6判　定価：704円（10%税込）　ISBN 978-4-434-26865-6

S系エリートの
御用達になりまして
砂原雑音
お前を啼かせていいのは俺だけだ
書き下ろし番外編収録

本書は、2019年5月当社より単行本として刊行されたものに、書き下ろしを加えて文庫化したものです。


この作品に対する皆様のご意見・ご感想をお待ちしております。

おハガキ・お手紙は以下の宛先にお送りください。

【宛先】

〒150-6008 東京都渋谷区恵比寿4-20-3 恵比寿ガーデンプレイスタワー8F
（株）アルファポリス　書籍感想係

メールフォームでのご意見・ご感想は右のＱＲコードから、
あるいは以下のワードで検索をかけてください。

アルファポリス　書籍の感想　検索

ご感想はこちらから

エタニティ文庫

溺愛（できあい）フレンズ

砂原雑音（スナハラノイズ）

2022年1月15日初版発行

文庫編集－熊澤菜々子
編集長－倉持真理
発行者－梶本雄介
発行所－株式会社アルファポリス
〒150-6008 東京都渋谷区恵比寿4-20-3 恵比寿ガーデンプレイスタワー8F
TEL 03-6277-1601（営業）　03-6277-1602（編集）
URL https://www.alphapolis.co.jp/
発売元－株式会社星雲社（共同出版社・流通責任出版社）
〒112-0005 東京都文京区水道1-3-30
TEL 03-3868-3275
装丁イラスト－芦原モカ
装丁デザイン－AFTERGLOW
（レーベルフォーマットデザイン－ansyyqdesign）
印刷－中央精版印刷株式会社

価格はカバーに表示されてあります。

落丁乱丁の場合はアルファポリスまでご連絡ください。

送料は小社負担でお取り替えします。


ISBN978-4-434-29867-7 C0193